AF540567

वाशिंगटन पोस्टमार्च

वाशिंगटन पोस्टमार्च

ओका शूज़ो

अनुवाद

योशिको ओकागुची

सम्पादन

उनीता सच्चिदानन्द

राजकमल प्रकाशन

ISBN : 978-81-267-0619-8

मूल्य : ₹495

© उनीता सच्चिदानन्द

पहला संस्करण : 2002
पहली आवृत्ति : 2023
This book is printed on **Print on Demand** Technology : 2024

प्रकाशक : राजकमल प्रकाशन प्रा.लि.
1-बी, नेताजी सुभाष मार्ग, दरियागंज
नई दिल्ली-110 002

शाखाएँ : अशोक राजपथ, साइंस कॉलेज के सामने, पटना-800 006
पहली मंजिल, दरबारी बिल्डिंग, महात्मा गांधी मार्ग, प्रयागराज-211 001
1, अनमोल सोराबजी संतुक लेन, धोबी तलाव, मरीन लाइंस, मुम्बई-400 002
वेबसाइट : www.rajkamalprakashan.com
ई-मेल : info@rajkamalprakashan.com

VARSHINGTAN POSTMARCH
Edited by Unita Sachidanand

इस पुस्तक के सर्वाधिकार सुरक्षित हैं। प्रकाशक की लिखित अनुमति के बिना इसके किसी भी अंश को, फोटोकॉपी एवं रिकॉर्डिंग सहित इलेक्ट्रॉनिक अथवा मशीनी, किसी भी माध्यम से, अथवा ज्ञान के संग्रहण एवं पुन:प्रयोग की प्रणाली द्वारा, किसी भी रूप में, पुनरुत्पादित अथवा संचारित-प्रसारित नहीं किया जा सकता।

दो शब्द

भारत और जापान के राजनयिक सम्बन्ध की इस स्वर्ण जयन्ती वर्ष में जापानी लोक साहित्य, बाल तथा आधुनिक साहित्य की इस शृंखला को भारतीय पाठकों को समर्पित करते हुए मुझे अपार हर्ष हो रहा है। इस शृंखला में 12 पुस्तकें प्रकाशित हो रही हैं। इनमें से दो पुस्तकें जापानी लोक कथाओं और तीन जापान के विशिष्ट बाल कथाकारों की चुनिंदा रचनाओं से सम्बन्ध रखती हैं।

इन पुस्तकों में मैंने नीइमी नानकिचि, हामादा हिरोसुके, त्सुबोता जोजी, मुशानोकोजी सानेआत्सु, ओगावा मिमेई और शिमाजाकी तोसोन जैसे दिग्गजों की रचनाओं को सम्मिलित किया है। दो और पुस्तकें अग्रणी समकालीन कथाकार ओका शूजो की बहुचर्चित पुस्तक 'बोकु नो ओनेसान' का अनुवाद है जिसे मैंने जापान की श्रीमती योशिको ओकागुची के साथ मिलकर सम्पन्न किया है।

आधुनिक एवं समकालीन जापानी साहित्य का अवलोकन अन्य पाँच संकलनों में आयोजित करने की चेष्टा की गई है। इनमें जहाँ कावाबाता यासुनारी की 'हथेली-भर कहानियाँ' हैं वहीं मियाजावा केन्जी, आवा नावाको और ओगावा मिमेई की फंतासी, आकुतागावा र्‍यूनोसुके का व्यंग्य, शिगा नाओया, आरिशिमा ताकेओ व मात्सुतानी मियोको की भावपूर्ण संवेदनात्मक रचनाएँ भी हैं।

जापान के आर्थिक और सामाजिक विकास की यात्रा, द्वितीय विश्व महायुद्ध के विध्वंसक परिणामों तथा पूँजीवादी प्रोद्योगिकीकरण से प्रभावित सामाजिक और आर्थिक हलचलों को संबोधित करते आबे कोबो, साता इनेको तथा हायाशी फुमिको की रचनाएँ एक अलग ही पहलू से हमारा साक्षात्कार कराएँगी। बारहवीं पुस्तक आधुनिक जापानी साहित्य और साहित्यकारों से भारतीय पाठकों का परिचय कराएँगी। उम्मीद है कि इन पुस्तकों के जरिए जापानी साहित्य की एक लघु यात्रा पाठकों को पसंद आएगी। पिछले पाँच वर्षों से मैं इस कार्य के सम्पादन में प्रयत्नशील रही हूँ। इस कोशिश में मेरा

हौसला बढ़ाते और हर पल सहयोग करते मेरे कई मित्रों का महत्त्वपूर्ण योगदान रहा है।

सर्वप्रथम मैं भारत में जापान के राजदूत श्री हिरोशी हीराबायाशी के प्रति अपना आभार प्रकट करना चाहती हूँ जिन्होंने इस कार्य के लिए मुझे प्रोत्साहित किया। जापान की संस्कृति व सूचना केन्द्र के निदेशक श्री मिनेमुरा, राजदूत के विशिष्ट अधिकारी कु. हिरोमी सातो और श्री शिनसुके जो स्वयं बखूबी हिन्दी भाषा और साहित्य की अच्छी जानकारी रखते हैं; जापान फाउण्डेशन के निदेशक श्री फुकाज़ावा एवं उपनिदेशक कोजी सातो का मैं धन्यवाद करना चाहूँगी जिनका सहयोग मुझे लगातार मिलता रहा।

मैं लेखक ओका शूज़ो की सहृदय आभारी हूँ जिन्होंने मूल किताब का कॉपीराइट सहर्ष तत्परता के साथ भारत-जापान मैत्री को समर्पित कर दिया।

जापान के ताकशोकु विश्वविद्यालय में कार्यरत हिन्दी साहित्य के प्रोफ़ेसर तेजी साकाता जी ने इस अनुवाद को करने के लिए हमें प्रेरित किया, हम उनके आभारी हूँ।

इन पुस्तकों की पाण्डुलिपि की तैयारी के दौरान राजकमल प्रकाशन के श्री उपेन्द्र झा, श्री चेतन क्रान्ति, श्री नरेश कुमार शर्मा, श्री तपस सरकार, आकांक्षा कम्प्यूटर के श्री नारायण एवं जवाहरलाल नेहरू विश्वविद्यालय के पूर्व एशियाई अध्ययन केन्द्र के शोधछात्र श्री संदीप कु. मिश्र से मिला योगदान अविस्मरणीय है। लेकिन इस यात्रा में राजकमल प्रकाशन के निदेशक श्री अशोक कुमार महेश्वरी का एक अभूतपूर्व योगदान है जिसकी वजह से मेरी मेहनत सफल हो पाई है।

अंत में, मैं अपने पति डा. सच्चिदानन्द सिन्हा, पुत्री वरुणी और पुत्र सोहम के प्रति अपना आभार प्रकट करना चाहूँगी, जिन्होंने विगत पाँच वर्षों के दौरान मुझे न सिर्फ उपयुक्त माहौल प्रदान किया बल्कि घर-परिवार की जिम्मेदारी में मेरा हाथ बँटाया। उनके धैर्य के अनन्त भण्डार के बगैर यह कार्य मैं कदापित संपादित नहीं कर पाती।

उनीता सच्चिदानन्द
चीनी व जापानी अध्ययन विभाग
दिल्ली विश्वविद्यालय
दिल्ली

FOREWORD

Inquisitiveness has always been a basic human trait, with mankind constantly seeking to learn more and more about other civilizations and cultures. Each nation has its own unique culture and way of living, about which people in other countries are always curious to know. Literature is the medium that provides a window to other societies, by helping us to understand their thoughts and aspirations. But, sometimes difference in language acts as a barrier in this task. It is here that the significance of literary translations comes to the fore. Literary translations have performed an important role of promoting global cultural interaction since times immemorial, and will continue to do so in the future as well.

The year 2002 make the 50th anniversary of diplomatic relations between Japan and India, which were established in April 1952. These fifty years have seen our relationship grow into a multi-dimensional one, covering a diverse range of areas such as political, economic, defence, art and culture, etc. Today, the ties between Japan and India are deeper and larger than ever before, based on mutual understanding and respect for each other. While the past fifty years have been positive and productive, we would like the next fifty years to be more so, and look forward to fruitful and close relations between our two peoples in the coming decades.

Dr. Unita Sachidanand has played a significant role in the promotion of mutual understanding between the people of our two countries. Having dedicated herself to the cause of strengthening the ties between our two countries through mutual appreciation of literature, she has once again undertaken the commendable initiative of introducing Japanese literature to Indian readers in Hindi. In 1998, she has brought out three volumes of translated Japanese literature. This time, she brings out a set of twelve tiles to commemorate the Golden Jubilee of Japan-India Diplomatic Relations. These books cover a wide variety of Japanese literary genre — from folk tales to modern fantasies, satire, children's stories, and mainstream literature written by some of the finest Japanese writers of all times. She also records two narratives presented by the *katari*, be the tradition Japanese storytellers.

Her selection is truly impressive and covers a wide spectrum of Japanese literature. In her collection, she has picked up representative stores from different periods in such a manner that they take the reader through a comprehensive literary journey of Japan. The first book contains some of the everlasting folk tales representing legends, myths and beliefs of Japan. These have been retold by the author in an absorbing style that would be liked by readers of all ages. The next three books carry an assortment of children's sotries specially written by some of the greatest literary craftsmen of Japan, such as Niimi Nankichi, Hamada Hirosuke, Shimazaki Toson, Mushanokoji Saneastsu, Tsubota Joji and Matsutani Miyoko. Though most of these authors belong to the mainstream of Japanese literature, the present selection includes those stores that these great writers have crafted specially for children. Japanese children virtually grow up with these stories, as some of these also find a place in most school textbooks in Japan.

I am particularly touched by the six stories by one of the contemporary Japanese authors, Oka Shuzo, profiling the life of the mentally and physically challenged persons. The compassion presented in these stories is a befitting tribute to the cause of such differently gifted persons. This book has received several awards such as the Akai Tori Award, Niimi Nankichi Award and Tsubota Joji Award, and has also been produced as a motion picture. This book is being brought out by Dr. Sachidanand in collaboration with Ms. Yoshiko Okaguchi of Japan, highlighting the need for such collaborative initiatives in this Golden Jubilee Year of Japan-India Friendship.

The collections included in two of the twelve titles have been largely devoted to fantasies created by Ogawa Mimei, Miyazawa Kenji and Awa Naoko. Four of the titles represent mainstream Japanese literature immaculately selected from the writings of influential authors such as Shiga Naoya, Akutagawa Ryunosuke, Arishima Takeo, Sata Ineko, Abe Kobo, Hayashi Fumiko, Matsutani Miyoko and last but not the least, an interesting collection of what is often referred to as the 'palm-sized stories' of Kawabata Yasunari, the first Japanese Noble laureate in literature. This volume of Kawabata's short stories has been translated by the students of Japanese literature in the University of Delhi, where Dr. Sachidanand teaches. I find it truly heart-warming that the translators and the editor have dedicated these stories to the long life of Japan-India Friendship in the true spirit and character of the 'palm-sized stories'. I congratulate the young scholars of Japanese language and literature for their commendable gesture.

In order to help the Indian readers appreciate the collection presented in these multi-volume anthologies of Japanese literature, Dr. Sachidanand aptly adds the twelfth one, which presents a lucid and comprehensive history of modern Japanese literature and its notable contributors. It is praiseworthy to note that the author traverses the entire gamut of Japanese literature from the Meiji period onwards, covering the contemporary trends in Japanese literature as well. She devotes a separate chapter highlighting the contribution of women authors in Japan.

I have great appreciation and admiration for all the efforts taken by Dr. Unita Sachidanand in preparation of these books, and would like to congratulate her and the publisher, Rajkamal Prakashan, for accomplishing such a magnificent task in this Golden Jubilee Year of Japan-India Diplomatic Relationship. I wish the author and the publisher an outstanding success in their current as well as future endeavours.

Hiroshi Hirabayashi
Ambassador of Japan to India

क्रम

ओका शूजो

(1941-)

ओका शूजो चालीस वर्ष की उम्र तक अपंग बच्चों के विद्यालय में अध्यापक के तौर पर कार्यरत रहे। तत्पश्चात् शरीर रोगग्रस्त रहने लगा। इन्होंने स्कूल की नौकरी छोड़ अपना पूरा समय लेखन-कार्य में लगाना आरम्भ किया। इन्होंने शरीर से लाचार बच्चों के अनुभवों को अपने लेखन का विषयवस्तु बनाया।

नीले धब्बे

मूल शीर्षक : आज़ा,
स्रोत : ओका शूजोः बोकु नो ओनेसान, केइसेइशा, 1999

[1]

हिसाए घुटने मोड़ते हुए चलती है।

अपना लंबा-चौड़ा शरीर आगे की ओर झुकाकर जबड़ा उठाए धम-धम से लंबे कदम भरती है। हिसाए, जिसका मानसिक विकास बहुत धीमा है, छठी कक्षा की छात्रा होते हुए भी अपने मुँह से एक शब्द भी बोल नहीं पाती। इतना ही नहीं, प्राय: वह दूसरों का कहना भी समझ नहीं पाती। यहाँ तक कि वह अपना नाम भी याद नहीं रख पाती।

जब कोई उसे पास से 'प्यारी हिसाए' पुकारता है तो

वह आवाज़ की ओर उसी तरह मुड़ जाती है, जिस तरह 'प्यारी मिचिको' या 'प्यारी हिरोको' कहने पर भी वह मुड़ती है। वह छोटे बच्चे की तरह कभी भी कहीं भी पेशाब या टट्टी कर देती है।

वह खुद न तो कपड़े पहन पाती है और न ही उतार पाती है। अपनी और दूसरों की चीजों में भी भेद नहीं कर पाती। वह ऐसा भी नहीं कर पाती, वैसा भी नहीं कर पाती और इस तरह कुछ भी नहीं कर पाती।

लेकिन उसे खाना खाना बेहद पसंद है।

वह चॉपस्टिक[1] से तो नहीं खा सकती परन्तु चम्मच से किसी तरह खा लेती है।

हालाँकि जब खाना चम्मच से गिर जाता है तो वह चम्मच छोड़कर हाथ से खाने लगती है।

देखने में बिलकुल भद्दी होने पर भी उसकी माँ उसे बेहद प्यार करती है। दिन-रात केवल उसके ही बारे में सोचती रहती है।

"मैं वापस आ गई।" हिसाए की माँ की आवाज़ आई, "मुझे आने में देर हो गई। आपको दिक्कत हुई होगी न?"

"नहीं, सब ठीक-ठाक रहा। हिसाए चुपचाप खेल रही थी।" मोरिता मौसी ने कहा।

जब माँ को किसी काम से बाहर जाना पड़ता है तो

---

1. हाशी (चॉपस्टिक) : लकड़ी, हाथी दाँत अथवा प्लास्टिक की बनी हुई दो सलाइयाँ जिनसे जापानी लोग खाना खाते हैं।

वह हिसाए को मोरिता मौसी के घर में छोड़ देती है।

बहुत पहले मोरिता मौसी किसी नर्सरी स्कूल में नर्स थी, इसलिए वह खुशी से हिसाए की भी देखभाल कर लिया करती है।

जब माँ ने दूसरे कमरे में झाँका, तो हिसाए झूमती हुई बड़ी-बड़ी आँखें फाड़कर टुकुर-टुकुर शीशे में अपनी शक्ल देख रही थी।

"ऊबती नहीं, बस शीशे में देखती रहती है।"

मोरिता मौसी की कोमल-सी आँखें बिना रिम के चश्मे के पीछे और कोमल-सी हो गईं।

उस रात मौसी के लिए हिसाए की माँ का फ़ोन आया :

"थोड़ी देर पहले हिसाए को नहलाते समय मुझे लगा कि आज कहीं वह गिर तो नहीं पड़ी थी?"

"जी नहीं। ऐसा तो कुछ भी नहीं हुआ; पर बात क्या है?"

"जी, उसके बदन पर कहीं-कहीं नीले धब्बे हैं—कुल मिलाकर चौदह होंगे। बुरा मत मानिएगा। मैं तो केवल यह जानने के लिए पूछ रही थी कि ऐसा कैसे हुआ।"

"अरे, क्या करूँ! आज पड़ोस की तीसरी कक्षा की लड़की किमिको खेलने आई थी। उसने कहा कि वह हिसाए के साथ खेलेगी, इसलिए मैं उन्हें इकट्ठा छोड़ दूसरे कमरे में बुनाई करने लगी। मैं तो सोच रही थी कि

दोनों खुशी-खुशी खेल रही थीं, पर...''

''ठीक है, आप ज़्यादा चिंता न कीजिए। हो सकता है, वह उछलकूद में ही कहीं टकरा गई हो। आप बुरा मत मानिएगा।''

''माफ़ कीजिए। हिसाए से भी मेरी तरफ़ से माफ़ी माँग लीजिएगा।''

[2]

कुछ दिनों बाद एक दिन दोपहर पश्चात् हिसाए और उसकी माँ रोज़मर्रा की तरह घूमने जा रही थीं।

आकाश के बादलों और गाल को सहलाती-दुलारती हवाओं से पतझड़ का एहसास हो रहा था।

हिसाए को रेलगाड़ी देखना बहुत पसन्द है, इसलिए उसका घूमना हमेशा उसी रास्ते से होता, जहाँ से रेलगाड़ी दिखाई दे। जब हिसाए रेल पटरी के निकट आती तो वह आगे की ओर झुककर इस तरह भागने लगती कि लगता, वह गिर पड़ेगी। उस वक्त वह रेल गाड़ी देखने के अलावा कुछ नहीं चाहती। रेल पटरी के किनारे बाड़ के सहारे खड़ी वह आती-जाती गाड़ियों को लगातार बिना ऊबे देखती रहती।

उसकी माँ उचित समय ढूँढ़कर, 'अच्छा, हिसाए, अब वापस चलें' कहते हुए उसके कंधे पर अपना हाथ रख देती; लेकिन वह माँ का हाथ झटककर बाड़ से चिपट

जाती।

माँ के बराबर लम्बी हो चली हिसाए को वहाँ से हटाने में माँ को बहुत कोशिशें करनी पड़तीं।

यही कारण है कि माँ यहाँ आना नहीं चाहती, फिर भी उसे आना पड़ता क्योंकि हिसाए को सबसे अधिक खुश करने वाली चीज़ रेलगाड़ी ही है।

उस दिन भी माँ वापस लौटने की सोच ही रही थी कि तभी एक नाटी लड़की पास आई।

उसने आवाज़ दी, "हिसाए!"

उस लड़की ने माँ की ओर मुड़कर अपनी आँखें मटकाते हुए कहा, "आंटी, मैं हिसाए को जानती हूँ।"

उसके बाल कानों के बराबर तक कटे हुए थे और लाल होंठ गोरे चेहरे पर पँखुड़ी जैसे लग रहे थे।

"कैसे जानती हो?"

"मैं हिसाए के साथ खेलती थी।"

"तो तुम ही किमिको हो?"

"हाँ।"

माँ ने टुकुर-टुकुर उसका चेहरा देखा।

"हिसाए इस वक्त क्या कर रही है?"

"रेलगाड़ी देख रही है।"

"अच्छा।"

वे दोनों साथ-साथ खड़ी हुईं तो किमिको की ऊँचाई हिसाए की छाती तक थी।

"हिसाए," कहती हुई किमिको ने उसके चेहरे की ओर देखा।

हिसाए ने एक नजर उसकी ओर डाली; परन्तु फिर रेलगाड़ी की ओर मुड़ गई।

वापसी के समय किमिको भी साथ-साथ आ रही थी। वह हिसाए की उँगली पकड़कर गाना गाते हुए चल रही थी।

हिसाए को गाना पसन्द है इसलिए किमिको के लाल होंठ को खुलते-बंद होते वह एकटक देख रही थी। किमिको उसकी दोनों उँगलियों को पकड़े हिसाए के घर के सामने तक आ गई।

"तो यहाँ है हिसाए का घर!"

"हाँ। लेकिन किमिको, तुम्हारा घर कहाँ है?"

"वो वहाँ है। देखो, वह लाल छत का मकान।"

किमिको ने उँगली से इशारा किया। वहाँ लाल छत का दुमंजिला मकान दिखाई दिया। जो रास्ता हिसाए के घर के सामने से सीधा जाता है, उसके चालीस-पचास मीटर दूरी पर ही वह मकान था।

"क्या यह मोरिता जी के घर के पास ही है?"

"हाँ, बिलकुल पास।"

"अच्छा; फिर दुबारा इसके साथ खेलने के लिए आना।"

"हाँ; फिर आऊँगी।"

कहकर किमिको रास्ते के किनारे अपने छोटे–छोटे कदमों की तेज़ रफ़्तार से चली गई।

[3]

दूसरे दिन दोपहर के बाद किमिको जल्दी ही आ गई।

"आंटी, हिसाए है? मैं साथ खेलने आई हूँ।"

"थैंक्यू। वह अपने कमरे में है। जाओ, जाओ, अन्दर जाओ।"

हिसाए अपने कमरे में अकेली कैसेट–टेप सुन रही थी।

टेप समाप्त होने पर वह डैक को लटकाए माँ के पास बैठक में ले आई और शुरू से टेप चलाने की जिद करने लगी।

अपंग एवं मंदबुद्धि बालकों के स्कूल से लौटने के बाद आज तो वह तीन बार माँ के पास डैक उठाकर ला चुकी थी।

थोड़ी देर बाद माँ हिसाए के कमरे में नाश्ते के लिए डौनट और जूस ले आई। हिसाए और किमिको आमने-सामने बैठी थीं और बीच में टेप रिकार्डर था।

टेप रिकार्डर का बटन दबाते-छोड़ते हुए संगीत को बार–बार रोककर मजे लेती हुई किमिको की यह हरकत हिसाए को अच्छी नहीं लग रही थी। इसलिए वह किमिको का हाथ हटाने की कोशिश कर रही थी।

"किमिको, क्या तुम्हारी कोई सहेली नहीं है?"

"है...।" किमिको बटन दबाना जारी रखते हुए बोली।

"तुम्हारे भाई-बहन हैं?"

"नहीं।"

"तुम्हारी माँ?"

"बाहर काम करती है।"

"अच्छा..."

हिसाए ने एकाएक हाथ बढ़ाकर एक डौनट उठाया और पूरा का पूरा मुँह में ठूँस लिया।

उसके मुँह के दोनों किनारे से डौनट के टुकड़े इस तरह गिर रहे थे, जैसे लार टपक रही हो!

"अरे, खाने में इतनी जल्दीबाजी अच्छी नहीं...।" माँ ने हँसते हुए कहा, "किमिको, तुम भी ले लो।"।

किमिको धीरे-से एक डौनट उठाकर झेंपते हुए मुस्कुराई।

एक-दो घंटे खेलने के बाद वह वापस चली गई।

जब माँ और हिसाए किमिको को छोड़ने के लिए द्वार पर खड़ी थीं, तब हिसाए ने अपने हाथ में पकड़ी लकड़ी की एक छोटी खिलौना-ईंट किमिको को निशाना बनाकर फेंका।

"अरे, यह क्या कर रही हो? यह खतरनाक है। अगर लग जाए तो उसे दर्द होगा। माफ करना किमिको, फिर आना खेलने... हाँ।"

माँ ने यह कह किमिको से विदा ली।

उस रात नहलाने के लिए जब माँ ने हिसाए के कपड़े उतरवाए तो उसके बदन को देखकर सन्न रह गईं। फिर नीले धब्बे पूरे शरीर पर उभर आए थे।

[4]

दूसरे दिन फिर किमिको खेलने आई। उसको देखते ही माँ का दिल बेचैन हो उठा।

'इतना प्यारा चेहरा है, फिर क्यों...' यह सोच माँ क्रोध से काँपने लगी थी, 'क्या करूँ?'...माँ को कुछ समझ में नहीं आ रहा था।

"हिसाए, साथ खेलें?"

शीशा देखती हिसाए के बगल में जब किमिको बैठी, तो माँ से रहा नहीं गया। माँ ने उससे बात करने का निश्चय कर लिया।

"देखो, किमिको, क्या यह तुमने किया है?" कहकर माँ ने हिसाए का स्कर्ट उलट दिया।

नीले धब्बे उसकी गोरी जाँघ पर इधर-उधर दिख रहे थे।

किमिको झिझककर साँप की तरह जम गई।

"देखो, किमिको।"

माँ के इस प्रश्न से वह सकपका गई। वह तुरंत बिल्ली की तरह गोल-सा चक्कर बनाते हुए दरवाज़े की ओर

भागी और बड़ी तेजी के साथ कमरे का दरवाज़ा खोलकर भाग खड़ी हुई।

"किमिको, ठहरो!"

लेकिन माँ के द्वार पर पहुँचने से पहले ही द्वार बन्द होने की आवाज़ आई। माँ उदास-सी खड़ी, खोई-खोई सड़क के उस पार देखती रही।

उसी समय हिसाए सीधे माँ के पास आई और आते ही उसने कुछ फेंका। उस चीज़ के द्वार पर लगते ही धड़ाम की आवाज़ आई और वह चीज कंकरीट के फ़र्श पर लुढ़क गई।

वह लकड़ी की छोटी खिलौना-ईंट थी। माँ ने ठिठककर हिसाए को देखा।

किमिको उस दिन के बाद कभी नहीं आई।

[5]

हिसाए और माँ उसी तरह घूमने जाया करती थीं—रोज़ उसी रास्ते से इधर-उधर देखते हुए।

रेलवे लाइन के किनारे काँस के पौधों की बालियाँ और ज़्यादा सफेद हो गई थीं और लाल चिउरा उड़ने लगे थे।

हिसाए अपनी गर्दन उठा, आकाश में उड़ते हुए चिउरों की ओर देख, चक्कर काटते हुए उनका पीछा कर रही थी।

रेलगाड़ी की आवाज़ सुनाई देते ही वह उस ओर

बेतहाशा दौड़ने लगी थी।

घुटने मोड़ते हुए, दोनों हाथ लटकाकर वह धम-धम दौड़ी जा रही थी।

बाड़ के सहारे माँ और हिसाए, आनेवाली रेलगाड़ियों की प्रतीक्षा में थीं। अब तक वह दो गुज़रती हुई रेलगाड़ियाँ देख चुकी थी, पर अभी भी उस जगह से हिलना नहीं चाहती थी।

सहसा माँ को पीछे किसी की आहट का एहसास हुआ। पीछे मुड़कर देखा, तो कोई व्यक्ति खड़ा था। वह कोट-पतलून पहने और हाथ में ब्रीफ़केस लिए हुए एक लंबा कद वाला युवक था। माँ की आँखों से आँखें मिलते ही वह अपने दाँत दिखाते हुए मुस्कुराया।

"सुनिए, यह लड़की हिसाए है क्या?"

"क्या? जी हाँ...है।"

"अच्छा, हिसाए ही है! मेरा नाम मात्सुई है। हिकारी प्राइमरी स्कूल में तीसरी कक्षा का अध्यापक हूँ।"

"जी..."

अनजान आदमी के मुँह से हिसाए का नाम सुनकर माँ हक्का-बक्का रह गई, "आप हिसाए को कैसे जानते हैं?"

"जी, मेरी कक्षा की एक छात्रा किमिको कुरामोतो कभी-कभी हिसाए के बारे में बात करती है।"

"किमिको..."

"जी हाँ। ख़ैर, हिसाए को सचमुच रेलगाड़ी पसन्द है,

है न? किमिको बिलकुल ठीक कहती थी।''

''क्या किमिको ने ऐसी बातें बताई हैं?''

''जी हाँ। हिसाए दिन-भर रेलगाड़ी देखती रहती है, उसको आईना देखना पसन्द है, आदि-आदि। किमिको दो-तीन दिनों से स्कूल नहीं आई है इसलिए मैं उसका हाल-चाल पूछने जा रहा हूँ।''

अध्यापक ने अपना सिर आगे बढ़ाकर उस ओर देखा, जिस ओर हिसाए देख रही थी। ऐसा लग रहा था कि रेलगाड़ी अभी नहीं आएगी।

''अच्छा, तो फिर मिलेंगे।'' अध्यापक ने हिसाए के सिर पर हाथ रखते हुए कहा और माँ की ओर देखकर तुरंत अपना सिर झुकाया।

''ज़रा सुनिए!'' माँ ने अनायास ही आवाज़ दी।

''एक बात बताइए, किमिको कैसी लड़की है?''

''कैसी? क्या मतलब?''

''जी, वह...सहेलियों से उसका अच्छा सम्बन्ध है या नहीं...''

सच पूछो तो माँ दरअसल यह पूछना चाहती थी कि वह अपनी सहेलियों के साथ शैतानियाँ करती है या नहीं; लेकिन माँ यह सब पूछ न पाई।

''वह निरीह स्वभाव की है। वह न तो लोकप्रिय है और न ही नापसंद। हालाँकि इकलौती बेटी होने की वजह से वह थोड़ी-सी मनमौजी है।

“अच्छा!”

“कुछ बात है क्या?”

“जी नहीं, कोई बात नहीं है। माफ कीजिए।”

“अच्छा...”

माँ अध्यापक से विदा लेने के बाद भी उन्हें पीछे से देखती हुई किमिको के बारे में ही सोचती रही।

उसी समय एक और रेलगाड़ी बड़ी आवाज़ करते हुए गुज़र गई।

“ओह!” हिसाए आवाज़ देते हुए उछली और ताली बजाई।

[6]

हिसाए के स्कूल में खेलकूद-प्रतियोगिता समारोह के दिन धुँधली-सी बदली छाई हुई थी; लेकिन अगले दिन आसमान बिलकुल साफ़ हो गया। स्कूल की छुट्टी थी, इसलिए माँ हिसाए के साथ खरीदारी करने चली गई। दोपहर में स्टेशन के इधर-उधर घूमते हुए वे लोग अब वापस आ रही थीं। आज हिसाए बहुत संतुष्ट थी क्योंकि वह रेलगाड़ी पर भी चढ़ी थी और सॉफ़्ट-आइसक्रीम भी खाई थी। ये दोनों चीज़ें उसे बहुत पसंद हैं।

वह लंबे डग भरते हुए बड़ी खुशी से चल रही थी। उसके इस तरह चलने से ऐसा लग रहा था, जैसे वह कहना चाहती हो कि खुले आसमान के नीचे चलना बड़ा

मनभावन होता है।

इतने में वे एक खाली जगह पर आ पहुँचीं। वह बच्चों के बेसबॉल या फुटबाल खेलने वाला काफ़ी लंबा-चौड़ा मैदान था। ढलती दुपहरी में उन्होंने देखा कि खाली जगह के एक कोने पर घास-फूस उग आई थी, वहाँ चार-पाँच लड़कियाँ खड़ी होकर बातें कर रही थीं।

अचानक हिसाए रुक गई और उसने आसमान की ओर मुँह उठाकर देखा। वह काफी देर तक एकटक आसमान देखती रही।

'अब फिर शुरू हो गया... माँ ने अपने मन में कहा, 'हवाई जहाज़ है या हेलिकॉप्टर?'

माँ को न तो किसी चीज की आवाज सुनाई दे रही थी और न ही नीले स्वच्छ आसमान में बादल दिखाई दे रहे थे, लेकिन फिर भी माँ जानती थी कि थोड़ी ही देर में कुछ न कुछ ज़रूर उड़ते हुए दिखेगा।

'लगता है, हिसाए को किसी चीज के आने की आवाज सुनाई दे रही है।' मुँह उठाकर आसमान की ओर देखती हिसाए को देखकर माँ ने ऐसा सोचा, और फिर वह भी वहीं ठिठककर खड़ी हो गई।

खाली जगह में बहती हुई हवा ठंडी-सी लग रही थी। माँ खोई हुई-सी घास को धीरे-धीरे हिलते हुए देख रही थी।

फिर उसने उस पार खड़ी लड़कियों की ओर नज़र दौड़ाई।

गपशप में मशगूल लड़कियों को समय बीतने का पता ही नहीं चला।

लेकिन माँ को उन लड़कियों के चेहरे के भाव अजीब से लगे। गपशप करने में भी उनके चेहरों पर तनाव क्यों है ? माँ ने गौर से देखा।

आसमान में गड़गड़ाहट सुनाई देने लगी। कुछ ही देर बाद ऊपर एक हवाई जहाज़ अपना चाँदी रंग का बॉडी चमकाता हुआ आया।

गड़गड़ाहट सिर के ऊपर से होते हुए खत्म हो गई। उसी क्षण उनमें से एक लड़की बुरी तरह लड़खड़ाती हुई झाड़ी में गिर पड़ी।

माँ ने चौंककर देखा, लड़कियाँ उस गिरी हुई लड़की को घेरे लात मार रही थीं।

हवाई जहाज़ को देख रही हिसाए का हाथ पकड़कर माँ उसे घसीटते हुए उन लड़कियों की ओर दौड़ने लगी।

लड़कियों को जब पता चला कि कोई आ रहा है तो वे तितर-बितर हो गईं।

"ज़रा रुको!" माँ चिल्लाई।

"तुम लोग ठहरो!"

वे चारों लड़कियाँ इधर-उधर भाग गईं।

माँ झाड़ी में गिरी लड़की के पास लपककर पहुँची। अपना सिर पकड़े लेटी लड़की को माँ बाँहों में उठाने को हुई कि तभी चौंका देने वाली आवाज़ माँ के मुँह से

निकली।

''किमिको! अरे यह किमिको है क्या?''

वास्तव में वह किमिको ही थी।

''क्या हुआ? आखिर बताओ तो, क्या हुआ?'' कहते हुए माँ ने उसे उठाया और उसकी स्कर्ट की धूल झाड़ने लगी।

तभी किमिको अपने कंधे कँपाते हुए रोने लगी!

''नहीं, नहीं, फ़िक्र की कोई बात नहीं। सब ठीक हो जाएगा। मत रोओ। आखिर हुआ क्या?''

''वे सभी... सहेलियाँ... मुझे तंग करती हैं। मैं कुछ भी... बुरा नहीं करती... फिर भी... वे... मुझे... तंग करती हैं।'' यह कहते ही वह माँ के सीने से मुँह लगाकर बुरी तरह रोने लगी।

''अच्छा, तुम्हें तंग किया करती हैं! समझ गई।...अब मत रोना। अब कोई फ़िक्र करने की बात नहीं।''

माँ ने किमिको का सिर सहलाते हुए सोचा कि कहीं किमिको के पूरे बदन पर बैंगनी धब्बे तो नहीं उभर आए हैं ?

हिसाए उनके पास खड़ी एकटक आसमान की ओर देख रही थी। हवाई जहाज़ उड़ रहा था।

[7]

''मैं आ गई!'' माँ की आवाज़ आई।

"मुझे आने में थोड़ी देर हो गई। हिसाए ने कहीं जिद-विद तो नहीं की?"

"नहीं, नहीं, प्यारी हिसाए तो अच्छी तरह रही।" मोरिता मौसी ने फिर कहा, "सुनिए, आज किमिको आई थी खेलने। हम तीनों एकसाथ घूमने भी गए थे।"

फिर माँ को कुर्सी पर बैठने को कहकर मौसी चाय बना लाई और बोली, "आज बहुत अच्छा दिन था। हम तीनों रेलगाड़ी देखने गए थे। रास्ते में प्यारी हिसाए अचानक रुक गई। फिर हवाई जहाज़। किमिको को यह अजीब-सा लगा था क्योंकि प्यारी हिसाए ने चलना बंद कर दिया था और आसमान देखने लगी थी।

'हिसाए, क्या हुआ? अरे, जल्दी चलो न!' किमिको ने कहा था।

हिसाए ने झटककर किमिको का हाथ हटाया और वहीं खड़ी रही। वह आगे चलने का नाम ही नहीं ले रही थी।

'अरे आंटी, हिसाए को क्या हो गया?'

'देखो, थोड़ी देर में हवाई जहाज़ या हेलिकॉप्टर उड़ता हुआ आएगा। हिसाए को यह पहले ही मालूम चल जाता है।'

'झूठ! सचमुच में?'

'तो तुम्हीं देख लो'

किमिको ने आसमान की ओर देखते हुए अपने कान उस ओर लगा दिए।

‘मुझे तो कुछ सुनाई नहीं देता! क्या सचमुच हवाई जहाज उड़ता हुआ आएगा?’

‘अगर यह झूठ निकला तो मैं हाथों के बल अपने शरीर को खड़ा करूँगी।’

हम तीनों साथ-साथ खुले आसमान को देख रहे थे। किमिको ने हाथ कानों पर रखे हुए थे।

‘अरे, लगता है, दूर से कुछ आवाज आ रही है...’ किमिको चौंकन्ना होकर खड़ी हो गई।

‘सुनिए! सुनिए! सुनाई दे रहा है। हेलिकॉप्टर है। साफ़-साफ़ सुनाई दे रहा है!’

किमिको ने उछलते हुए आसमान के एक कोने की ओर उँगली से इशारा किया। मध्यम-सी आवाज धीरे-धीरे साफ़ सुनाई देने लगी।

‘फट, फट, फट, फट...!’ हलकी-फुलकी आवाज निकालते हुए हेलिकॉप्टर धीरे-धीरे बड़ा-सा दिखने लगा और फिर आँखों के सामने से उड़ता हुआ चला गया।

‘वाह हिसाए, कमाल है?’

‘देखा? मैंने कहा था न?’

‘वाह आंटी! हिसाए के कान बिलकुल कमाल के हैं!’

किमिको एकदम अचंभे में पड़ गई। वह प्यारी हिसाए को ऐसे देख रही थी, जैसे कोई अंतरिक्ष-मानव देख रही हो।’’

मोरिता मौसी अपनी हँसी दबा नहीं पाई और

हँसते-हँसते लोट-पोट हो गई।

"उसके बाद फिर वापसी में भी एक ऐसी बात हुई जिसने किमिको को फिर अचंभे में डाल दिया।

हम तीनों जब खाली जगह पर पहुँचे तो हिसाए फिर रुक गई।

'अरे, एक और हेलिकॉप्टर?'

किमिको ने अनायास नज़र उठाकर आसमान की ओर देखा।

'शायद नहीं। देखो, पहली बार की तरह लग भी नहीं रहा।'

हिसाए ने पैरों को थोड़ा खोला और फिर मुँह ऊपर किए शरीर को आराम से दाएँ-बाएँ हिलाती रही। हिलने की लय के साथ-साथ हिसाए उँगलियों से अपनी जाँघ पर हलकी-हलकी ताली भी बजाती रही; फिर उसी स्थिति में धीरे-धीरे लट्टू की तरह घूमने लगी।

'क्या कर रही है, हिसाए?'

'अच्छी तरह देखो। प्यारी हिसाए कुछ देख रही है।'

किमिको अपने से बहुत लंबी हिसाए की नज़रों का, मुँह उठाए पीछा किए जा रही थी, तो अचानक, बड़ी उतावली आवाज़ में चिल्लाई। 'वाह!...देखो, मक्खी है, मक्खी! छोटी-छोटी मक्खी उड़ रही है। अह, अहहह...! इतनी छोटी मक्खी?'

हिसाए के सिर के ऊपर एक छोटी मक्खी मँडरा रही

थी। हिसाए उसके मँडराने के साथ-साथ ऊपर देखती हुई खुद भी घूम रही थी।

किमिको अपनी खोज की वजह से खुश थी और उसे बहुत मजा आ रहा था। फिर वह भी हिसाए के साथ धीरे-धीरे मँडराती छोटी मक्खी को देखती रही।

वे दोनों छोटी मक्खी पर ऐसे मोहित हो गईं, जैसे उन पर भूत चढ़ गया हो। उस समय मुझे दोनों के प्रति थोड़ी-सी ईर्ष्या भी हुई।''

मोरिता मौसी ने बिना रिम के चश्मे के पीछे कोमल-सी आँखें क्षण भर के लिए मूँद लीं।

उसके बाद मेज़ पर रखा एक बड़ा लिफाफ़ा अपनी ओर खींचकर माँ को थमा दिया।

''यह किमिको ने बनाए हैं।'' मोरिता मौसी ने लिफाफा थमाते हुए कहा।

[8]

उस लिफ़ाफ़े में पाँच ड्राइंग पेपर थे।

पहले कागज़ पर लाल क्रेयोन से लिखा था: 'हिसाए की चित्र-कथा।'

दूसरे कागज़ पर शीशे में देखती हुई एक लड़की का चित्र बनाया गया था। शीशे के अन्दर वह लड़की अपना गाल फुलाकर मुस्कुरा रही है। इस कागज़ के पीछे लिखा था :

'हिसाए को शीशा पसन्द है। वह शीशे में अपनी

शक्ल से बातें किया करती है।'

तीसरे कागज़ पर रेलगाड़ी और एक लड़की का चित्र बनाया गया था।

'हिसाए को रेलगाड़ी पसन्द है। वह रेलगाड़ी आने का इन्तज़ार संयम से करती है।'

चौथे चित्र में बड़े आसमान के नीचे दो लड़कियाँ खड़ी थीं। वे दोनों लड़कियाँ मुँह उठाकर आसमान को देख रही थीं। वह आसमान साफ़, नीला और बेहद फैला हुआ था। उस खुले आसमान के एक कोने में ताकेतोनबो[1] की तरह का कोई एक टुकड़ा था।

'हिसाए के कान कमाल के हैं। वह दूर, बहुत दूर के हेलिकॉप्टर की आवाज भी सुन लेती है।'

और पाँचवें–आखिरी कागज़ पर आँखें फोड़ती हुई एक लड़की थी। उसकी आँखों के सामने एक कण की तरह छोटी मक्खी बनाई गई थी। शायद उस मक्खी का चित्र क्रेयोन की नोक को जरा-सा कागज़ पर लगाकर बनाया गया होगा। उसके पीछे लिखा गया था: 'हिसाए की आँखें कमाल की हैं। वे छोटी-छोटी, बहुत छोटी मक्खी का भी पता लगा लेती हैं।'

माँ का दिल भर आया। एक-एक चित्र फैलाकर देखने से आँखों के आँसुओं के कारण चित्र धुँधले-से लग

---

1. ताकेतोनबो : जापान में बाँस से बना हुआ प्रोपेलर के रूप का एक खिलौना। बच्चे इसको उड़ाकर खेलते हैं।

रहे थे।

"किमिको निपुण लड़की है। वह चटपट चित्र बनाती है। देखो, यह रेखा उसने तुरन्त ही खींची है पर कितनी अच्छी है! है न?"

"वह कहती है कि वह और बनाएगी हिसाए के चित्र, फिर उसकी चित्र-कथा बनाएगी। सच पूछो तो किमिको नरम दिल वाली लड़की है।"

फिर उसी रात माँ ने हिसाए को नहलाते वक्त नए धब्बे देखे; लेकिन इस बार माँ को कुछ चिंता नहीं हुई।

'जिस दिन हिसाए के शरीर पर एक धब्बा होगा, उस दिन किमिको के शरीर पर भी जरूर एक धब्बा होगा। जिस दिन किमिको का धब्बा मिट जाएगा, उसी दिन हिसाए का धब्बा भी पूरी तरह से मिट जाएगा।' माँ अब ऐसा ही सोच रही थी।

दो-तीन दिनों के बाद किमिको फिर हिसाए के घर आई। माँ लौटते समय द्वार पर उसे छोड़ने आई तो पास में खड़ी हिसाए का हाथ देखकर चौंक उठी। उसने लकड़ी का छोटा खिलौना पकड़ा हुआ था, लेकिन जब किमिको ने नमस्ते कहकर हाथ हिलाया और द्वार के उस पार चली गई, तब भी वह खिलौना हिसाए के हाथ में ही था।

झींगुर

मूल शीर्षक : कोओरोगी,

स्रोत : ओका शूजो: बोकु नो ओनेसान, केइसेइशा, 1999

[1]

पाँचवीं कक्षा की गर्मियों में हर रात मैंने अपनी छोटी बहन के साथ आतिशबाजियाँ जलाईं। बहन योको, जो कक्षा दो की छात्रा है, मुझसे भी ज्यादा आतिशबाजियाँ पसन्द करती है। लेकिन अगर मैं साथ न हूँ तो वह उन्हें जला नहीं पाती। आतिशबाजी तो उसे बहुत पसन्द है, लेकिन डर के मारे माचिस की तीली भी रगड़ नहीं पाती।

हालाँकि कई बार मैंने उसे सिखाया भी, परन्तु डर के मारे माचिस को रगड़ आग निकालना तो दूर, फुलझड़ी की तरह आग निकालने वाली आतिशबाजी से भी वह

घबरा जाती है, फिर चाहे पकड़ने की डंडी लंबी ही क्यों न हो। लेकिन इसके बावजूद आतिशबाजी की दीवानी बहन उन्हें जलाने के वक्त मेरे पीछे खड़ी हो आँखें फाड़-फाड़कर देखती रहती है।

हमारे घर के उत्तर एक खाली जगह है। यद्यपि वह जगह इतनी लम्बी-चौड़ी नहीं है कि बेसबॉल खेला जा सके, फिर भी मेरे घर के आगे की जमीन के बराबर तो है ही। हम लोग इसी जगह आतिशबाजियाँ जलाते हैं। मैं जब तीसरी कक्षा में था तब हम यहाँ आए थे और अब यहाँ बसे हमें दो वर्ष हो गए; किन्तु अब भी इस कॉलोनी में इधर-उधर ऐसी खाली जगहें हैं जिनको देखने से लगता है, जैसे क़िसी के दाँत निकल गए हों।

बच्चे हमेशा उस खाली जगह में खेलने आया-जाया करते थे जिसकी वजह से बीचोबीच घास नहीं थी। लेकिन किनारे पर घास-फूस उग आई थी और पीछे काँस की पुरानी जड़ें दीवार तक बढ़ गई थीं।

घास-फूस जब काफी फैल जाता था तो जमीन के मालिक का आदमी आकर लंबे डंडे की नोक पर लगी गोल-सी आरी को मोटर से घुमाते हुए 'उवान-उवान' आवाज के साथ काट जाता था। कटे हुए घास-फूस का ढेर सूखकर कीड़े-मकोड़ों के रहने की जगह बन गया था।

हमारे आतिशबाजी का एक और साथी था। उसका नाम तोमो था, जो उस खाली जगह के उत्तर दिशा के मकान

में रहता था और अपने परिवार का इकलौता बेटा था।

तोमो अपंग एवं मंदबुद्धि बालकों के स्कूल में सातवीं कक्षा का छात्र होने के बावजूद शरीर में मुझसे छोटा था। कोकेशि[1] गुड्डे के समान फूले गाल और खुला हुआ लाल-सा ढीला होंठ।

योको और मैं जब भी आतिशबाजी जलाने लगते हैं तो न जाने कब वह हमारे पास आकर चुपचाप देखता रहता है। बस, केवल मुस्कुराते हुए देखता रहता है। आतिशबाजियों की ओर तनिक भी हाथ बढ़ाने की कोशिश नहीं करता।

मैं उसे आग लगी आतिशबाजी पकड़ाता तो वह अपने चपटे सफेद हाथों से डरते हुए पकड़ता, और आग बुझने तक देखता रहता। आग का आखिरी छोटा गोला गिरने के बाद भी काली हो चली डंडी को नाक के आगे उठा मुँह खोले हुए धीरे-धीरे मँडराते धुएँ को देखता रहता।

उसका स्कूल हमसे अलग था और वापस आने का समय भी अलग। इसलिए हम बहुत कम समय ही साथ खेल पाते थे। परन्तु इन गर्मियों की छुट्टियों में तो हम लोग खूब साथ खेले; बल्कि यों कहना ज्यादा सही होगा कि जब योको और मैं खेलने लगते तो तोमो जरूर हमारे बगल में आ जाता।

---

1. कोकेशि : एक खास जापानी गुड्डा या गुड़िया जो एकडाल लकड़ी से तैयार की जाती है।

जब मैं घर के सामने साइकिल चलाने लगता तो तोमो भी अपनी साइकिल ले आता था। मैं और बहन अगर सुबह घर के सामने झाड़ू लगाने लगते तो वह भी झाड़ू लिए साफ करने लगता। कभी-कभी गरम दोपहर के बाद तोमो टोपी पहन खाली जगह में उकड़ूँ बैठ जाता। ऐसा कई बार मैंने अपने दूसरी मंजिल के कमरे से देखा।

कभी-कभी ऊबकर, अपना वक्त काटने के लिए, मैं भी उस जगह तोमो को देखने चला जाता था।

उस दिन जमीन पर लेटे-लेटे उसके माथे से पसीना बह रहा था।

"क्या कर रहे हो?"

जैसे तोमो को मेरी आवाज सुनाई ही न दी हो, वह टस से मस न हुआ। वह चींटियों की कतार देख रहा था।

जमीन में बने एक छोटे-से छिद्र से लाल चींटियाँ जल्दी-जल्दी निकलतीं और फिर अंदर चली जातीं। कुछ चींटियाँ पर वाली छोटी मक्खी खींच रही हैं, तो कुछ चींटियाँ मिलकर मरी-सूखी केंचुए ले जा रही थीं। तोमो एकटक उन्हें देख रहा था।

एक दिन तोमो की माँ ढेर सारी आतिशबाजियाँ लेकर मेरे घर आईं।

"रोज तोमो के साथ आतिशबाजियाँ जलाने के लिए धन्यवाद!" उन्होंने शिष्टतापूर्वक कहा। उनकी वन-पीस पोशाक का पल्ला हिल रहा था।

“इनको जला लेना,” तोमो की माँ ने आतिशबाजियों का बंडल हमारी ओर बढ़ाया और कहा, “हमारे घर में रखने से खतरा हो सकता है क्योंकि कहीं ऐसा न हो कि तोमो तुम्हारी देखादेखी अकेले ही जला बैठे। इसी डर से हम माचिस या लाइटर उसकी पहुँच तक नहीं रखते। वैसे तो शायद वह माचिस की तीली भी ठीक से रगड़ न पाए, लेकिन फिर भी...”

जाने से पहले तोमो की माँ ने अपनी पतली आँखों को भरपूर खोलकर मुझसे कहा, “ताकाशि, जब भी तुम आतिशबाजियाँ जलाओ, तो तोमो को भी साथ ले लिया करना। वह इन्हें जलाने के लिए बहुत उत्सुक रहता है।”

[2]

उस रात भी योको ने मुझसे आतिशबाज़ी जलाने का आग्रह किया।

“आज नहीं जलाऊँगा। मुझे होमवर्क के लिए टी. वी. देखना है।”

“निकम्मा। अच्छा, तो चलो माँ, हम जलाते हैं।”

“तुम्हें भी अपना होमवर्क पूरा करना होगा। अब केवल दस दिन की छुट्टियाँ बची हैं। इसलिए जल्दी से पहले उसे खत्म करो।”

योको को बेकार की बातें छेड़ने के कारण लेने के देने पड़ गए। उसने कंधे उचकाकर जीभ दिखाया और

ऊपर के कमरे में चली गई। आठ बजने के बाद पिताजी घर लौटे।

"गर्मी लग रही है, गर्मी!"

मोटे पिता जी बार-बार यह कहते हुए झुँझलाहट से टाई और कमीज उतारते हुए बाथरूम में चले गए।

बाथरूम से झरने की आवाज़ के साथ पिताजी का गुनगुनाना सुनाई दे रहा था। मैं अपनी कॉपी पकड़े टी.वी. के सामने बैठा था।

थोड़ी देर बाद मेरी बाईं ओर के घिसे काँच के पार बहुत तेज रोशनी दिखाई दी। आशंका से मैंने बाहर देखा तो खाली जगह में इधर-उधर आग लगी हुई थी।

"माँ, खाली जगह में आग लगी है!"

माँ रसोई से लपकती आई और उस ओर देखते ही दौड़कर बाथरूम तक गई।

"अरे, देखो जी! खाली जगह जल रही है!"

"बुद्धू! जल्दी बुझाने चलो, जल्दी!"

माँ और मैं हैरानी से प्रवेशद्वार से बाहर निकल पड़े। खाली जगह के किनारे घास-फूस पर आग फैलती जा रही थी और काँस की जड़ में लगी आग ऊपर तक जल उठी। हम लोग जल्दी-जल्दी घास उखाड़ते और कुचलते हुए इधर-उधर दौड़ रहे थे।

कमर से ऊपर बिलकुल नंगे पिताजी दोनों हाथों में पानी से भरी बाल्टियाँ लटकाए दौड़ते आए। शोर सुनकर

सामने रहने वाले भी तेजी से दौड़ते आए। पूर्व दिशा में रहने वाली ओकी जी के मकान से हौज़-पाइप का पानी तेजी से लाया गया।

ओकी जी के मकान के पास काँस की घास का कटा ढेर था इसलिए उसमें लगी आग का उनके मकान तक आने का डर था। पड़ोस के लोग अपने-अपने हाथों में लिए डंडों से आग को बुझाते और पानी डालते रहे।

हालाँकि शोर-शराबा जितना था, आग उतनी तेज नहीं थी। थोड़ी देर में ही आग बुझ गई। नीलिमा लिए सफेद धुआँ आस-पास मँडरा रहा था, जैसे पानी में रंग घोला गया हो ! खूब पानी डालने और पैरों से कुचलकर आग बुझाने के बाद हमने देखा कि खाली जगह के एक कोने में एक बच्चा सहमा हुआ खड़ा था। वह तोमो था।

टॉर्च की रोशनी डालने पर वह इस तरह सिर झुकाए हुए बैठा था जैसे अभी रो पड़ेगा। उसके दाएँ हाथ में लाल बाँस की डंडी दिखाई दी। वह आतिशबाजी की जली हुई डंडी थी। उसके पैरों के नीचे टॉर्च की रोशनी में एक सस्ता-सा लाइटर गिरा पड़ा दिखा।

"तो तुमने जलाई थी आतिशबाजी?" पतले ओकी जी चिल्लाए। उन्होंने रबड़ का बूट और जापानी पाजामा पहना था। वैसे उनकी शक्ल कुछ अजीब-सी थी।

"तुम्हारे चुप रहने से हमें कुछ पता नहीं चलेगा।"

"यह बच्चा बोल नहीं पाता। जरा मंदबुद्धि है..." मेरी

माँ बीच में बोली।

"मंद-बुद्धि? इसके माँ-बाप क्या कर रहे हैं? ऐसे बच्चे को अकेला छोड़..."

ओकी जी अपनी बात पूरी करते, इससे पहले तोमो की माँ दौड़ती आईं। उन्होंने रोशनी में खड़े तोमो को देखकर कहा, "तुम यहाँ हो...कुछ कर दिया है क्या इसने?" माहौल पर गौर करते हुए उन्होंने पूछा और फिर घेरे में खड़े लोगों के चेहरों को एक के बाद एक देखा। "कुछ किया है...क्या?"

ओकी जी ने और रुखाई के साथ कहा, "आग लगने वाली थी। तुम लापरवाह हो कि ऐसे बच्चे को अकेले ही आतिशबाजी जलाने देती हो।"

"क्या? आतिशबाज़ी?"

"देखो," पिता जी ने तोमो के हाथ की ओर उँगली से इशारा किया, "इसको पकड़े हुए था।"

"तुम यह कहाँ से लाए?...मेरे बेटे ने सचमुच आतिशबाजी जलाई थी क्या? वह तो यह भी नहीं जानता कि माचिस की तीली कैसे रगड़ी जाती है!"

"यह उसके पैर के पास गिरा था। शायद इसी लाइटर से आग लगाई होगी।" मेरे पिताजी ने हथेली पर लाइटर उछालते हुए कहा।

"लेकिन हमारे घर में आतिशबाज़ियाँ नहीं थीं और इसे शायद यह लाइटर भी चलाना नहीं आता। क्या किसी ने

देखा था इसे आतिशबाज़ी जलाते?'' तोमो की माँ कठोर स्वर में बोलीं।

''लेकिन,'' मेरे पिताजी भी उतने ही कठोर स्वर में बोले, ''बीबीजी, यहाँ और कोई नहीं था, इसलिए।''

''तोमो! तुम किसके साथ जला रहे थे?''

''किसके साथ... क्या? अकेला जला रहा होगा।'' यह किसी दूसरी औरत की आवाज थी।

तोमो बिलकुल डर गया था। जैसे उसकी गर्दन कंधों में डूब गई हो, वैसे ही वह झुककर ऊपर की तरफ नज़र किए आसपास के लोगों को झाँक रहा था। मैंने उसके खुले होंठों को ऐसे फड़कते देखा, जैसे कुछ बोलना चाहते हों।

''ना, तोमो! बताओ, किसके साथ जलाए थे?''

तोमो की माँ ने झुँझलाहट में उसके दोनों कंधों को झकझोरा। तभी वह रो पड़ा।

''बीबीजी, ठहरिए।'' पिताजी ने रोका, ''अच्छा हुआ कि आग मामूली थी। आपके बेटे को भी कुछ नहीं हुआ और किसी मकान को भी हानि नहीं पहुँची। बस, इतना समझिए कि सब ठीक-ठाक है। इसलिए मुन्ने को अधिक न डाँटिए।''

''मैं...'' तोमो की माँ रुँधे स्वर में बोलीं, ''मैं डाँट नहीं रही हूँ। मुझे लगता है कि मेरे बेटे ने यह काम नहीं किया।''

''फिर वही बात!'' ओकीजी थूकते हुए बोले, ''बेटा

तो बेटा, बाप रे बाप!''

तोमो की माँ ने तीखी नजरों से ओकीजी को देखा। हालाँकि अँधेरे के कारण चेहरा दिखाई नहीं दिया था, लेकिन जिस तरह पलटकर ओकीजी की ओर मुँह किया, जरूर ही उनकी आँखें घूर रही होंगी।

लेकिन ओकीजी बिना हिचक के और कठोरता से बोले, ''जब इतना शोरगुल हो रहा था तो तुम क्या कर रही थीं?''

तोमो की माँ ने ओकीजी की ओर मुड़कर जवाब दिया, ''इसे नहलाने के बाद खुद नहा रही थी। इसलिए बाहर का शोर बिलकुल भी सुनाई नहीं दिया। तोमो टी. वी. के सामने बैठा था इसलिए मुझे कोई फिक्र नहीं थी। उसने अब तक कभी भी अकेले आतिशबाजी नहीं जलाई थी। वह हमेशा ताकाशि के साथ...'' इतना कहकर वह चुप हो गईं। उन्होंने लोगों की ओट में मेरी ओर देखा।

''ताकाशि और योको दोनों ने आज आतिशबाजी नहीं जलाई!'' यह मेरी माँ की आवाज़ थी, ''जब मैं और ताकाशि आग बुझाने लपककर आए तब तोमो के अलावा हमने किसी को नहीं देखा।''

उसी वक्त शर्ट पहने एक आदमी ब्रीफकेस लटकाए वहाँ आ पहुँचा।

''कुछ हुआ है क्या?''

नाटे और गोल-मटोल शरीर से लगता था कि वे तोमो

के पिताजी ही हैं जो अभी घर लौटे हैं।

"जी, आतिशबाजी की आग घासफूस में लग गई थी..." पिताजी की बात पूरी भी नहीं हुई थी कि ओकीजी ने उसके ऊपर जोड़ा, "आपके बेटे ने जलाई थी आतिशबाजी। "

"क्या तोमो ने? अरे, क्या यह सच है?"

तोमो की माँ ने चुपचाप तोमो के कंधों को छाती से लगा लिया। उसके कंधे रोने की हिचकियों के साथ हिलते रहे।

उसके पिताजी पत्थर की तरह निश्चेष्ट-से खड़े थे। अचानक ब्रीफ़केस नीचे गिराकर, ज़मीन पर माथा टेककर उन्होंने सबसे क्षमायाचना माँगी, "क्षमा कीजिए! बड़ी बुरी बात हो गई, क्षमा कीजिए!"

उसके पिताजी टिडड् की तरह बार-बार अपना सिर झुकाते रहे।

उस रात का शोरगुल उनकी क्षमा-याचना माँगने से रफ़ा-दफ़ा हो गया। मैं दु:खी मन पिताजी द्वारा लाई गई बाल्टियाँ लटकाए घर लौटा।

हमारे प्रवेशद्वार पर पिताजी ने पोंछा लगाते हुए कड़वाहट-भरे स्वर में कहा, "अभी इस मकान का उधार भी नहीं चुका है। अगर इसमें आग लग जाती तो क्या होता?"

[3]

आधी रात को कुछ अजीब-सा महसूस हुआ और मैं जग गया। उठते ही मैंने पैरों की ओर नज़र डाली, तो मैं चिल्लाते-चिल्लाते रह गया। कमरे के द्वार के सामने कोई सफ़ेद चीज़ खड़ी थी, जैसे कोई भूत हो!

डर के मारे मेरा गला खुश्क हो उठा। पूरा शरीर पसीना-पसीना हो गया। बड़ी मुश्किल से थूक अपने गले के नीचे उतारा और एकटक जब उसे देखा तो पाया कि वह और कोई नहीं, मेरी छोटी बहन योको थी।

योको खड़ी-खड़ी सिसक रही थी।

''क्या हुआ?'' मुश्किल से मेरी आवाज़ निकली।

''तोमो...तोमो...'' योको हिचकियाँ लेते हुए बोली।

मैंने उठकर बत्ती जलाई।

''क्या हुआ?''

''तोमो आया है...''

''तोमो?''

मैं तुरंत सँकरे गलियारे को पार कर छोटी बहन के कमरे में चला आया। बत्ती जलाकर इधर-उधर देखा, लेकिन वहाँ कोई नहीं था।

''तोमो कैसे आ सकता है यहाँ?''

''रो रहा है तोमो...सुनाई दिया था...''

''तुम अधनिंद्रा में थीं शायद। अच्छा, अब सो जाओ।''

योको का बिस्तर ठीक करने के लिए जैसे ही मैंने चटाई पर गिरी तौलिया-रजाई उठाई, तभी कोई काली वस्तु उछली।

"भैया, क्या है वह?"

"झींगुर है–झींगुर। कमरे में आ गया है। तुमने कहीं झींगुर की आवाज़ तो नहीं सुनी थी?"

जवाब दिए बगैर वह उकडूँ बैठ झींगुर को टुकुर-टुकुर देख रही थी।

"भैया, इसे बाहर भगा दो।"

मैंने दोनों हाथों से उसे ढककर आहिस्ता से पकड़ा और दूसरी मंजिल की खिड़की से खाली जगह के अँधेरे की ओर फेंक दिया। न जाने कहाँ गिरा, आवाज़ भी नहीं हुई।

दूसरी रात फिर मुझे बहन ने जगाया।

"आज भी आया है..." उसने कहा।

"आया है? कौन?"

बड़ी गहरी नींद से जगाए जाने पर मैं नाराज था।

"वह रो रहा है..."

"फिर झींगुर है क्या? अपने आप फेंको!"

"प्लीज, भैया, प्लीज ! आप ही उठा दो न!"

"क्या प्लीज-प्लीज लगा रखी है..." मैं उठा और खीजते हुए बहन के कमरे का दरवाज़ा खोला। बिजली की बत्ती से चकाचौंध आँखें मिचमिचाते हुए कमरे के

अंदर नज़र डाली तो देखा, एक झींगुर खिड़की के पास कोने में चुपचाप बैठा है। मैंने धीरे से उसके पास जाकर हाथों से पकड़ने की कोशिश की, लेकिन वह बड़ी निपुणता से उछलते हुए दूसरी जगह बैठ गया। घुटनों के बल चलते हुए मैंने उसका पीछा किया। शायद वह पहले से ही सतर्क हो चला था, इसलिए कल से भी ज्यादा तेज़ी से उड़ा। आखिर मैं उसे पकड़ने में नाकामयाब रहा। हमारी आवाज़ सुन माँ ऊपर चली आई।

"क्या कर रहे हो, इतनी देर रात?"

"झींगुर है। योको कहती है, उसे पकड़ो क्योंकि उसकी आवाज़ से वह सो नहीं पा रही... देखो, यह रहा झींगुर!" मैंने माँ को झींगुर दिखाते हुए कहा।

"कहाँ से आ जाता है?"

"पता नहीं..."

"योको, इस झींगुर से कुछ नहीं होगा। तुम्हें इतनी छोटी-सी बात पर भाई को जगाना नहीं चाहिए।"

"लेकिन..." योको ने नाइट सूट के किनारे को मसलते हुए मुँह फुलाया।

"देखो, दोनों जल्दी सो जाओ, नहीं तो सोने का समय खत्म हो जाएगा।"

माँ ने योको को थपथपाकर सुलाया, फिर बड़ी-सी जँभाई लेते हुए बत्ती बुझाई और अपने कमरे में सोने चली गई।

[4]

दूसरे दिन सुबह नाश्ते के बाद योको अपनी सहेली के साथ पुस्तकालय चली गई। उसे गर्मियों की छुट्टियों के होमवर्क के लिए कुछ नोट्स तैयार करने थे।

बहन के जाने के बाद माँ ने धीरे से मुझसे पूछा, "सुनो, तुमने कहा था न कि तुम्हें एक रात पहले भी योको ने जगाया था?"

"हाँ, कहा था।"

"उस रात भी झींगुर की वजह से?"

"हाँ, पर वह अजीब-सी बात भी बोली थी।"

"अजीब-सी बात?"

"वह पहली रात बोली थी कि तोमो आया था..."

"तोमो...?"

"हाँ, पहले तो मैं भी यह सुनकर चौंक पड़ा था कि ऐसा कैसे हो सकता है कि इतनी रात को तोमो आए। दरअसल वहाँ झींगुर था। झींगुर की आवाज से घबरा उठी थी योको।"

"झींगुर की आवाज़ से वह क्यों सोचने लगी कि तोमो आया था?"

"वह तो मालूम नहीं... फिर तोमो तो बोलता भी नहीं है न! कभी-कभी अजीब-सी आवाज़ करता है, पर झींगुर की आवाज़ तो चिर-चिर जैसी होती है न! ये दोनों आवाजें एक जैसी तो होती नहीं हैं, पर..."

उसी समय बाहर से किसी दोस्त ने मुझे पुकारा। हाथों पर ठुड्डी टिकाए माँ से मैंने कहा कि मुझे जरा जाना है, और मैं बाहर निकल आया।

दोपहर के बाद जब मैं लौटा तो माँ और छोटी बहन खाने की मेज़ पर आमने-सामने बैठी थीं। योको रो रही थी।

"क्या हुआ?"

"कुछ नहीं।"

"तुम दोनों नाश्ता करो।" माँ हँसते हुए उठ खड़ी हो गई।

न जाने मुझे लगा, जैसे छाती में कुछ जम-सा गया है! किसी तरह चुपचाप मैंने नाश्ता कर लिया। मुझे तब इस राज का पता चला जब पिताजी उस रात घर लौटे।

"क्या कहा! क्या यह सच है?"

पिताजी इतने जोर से बोले कि मैं टी.वी. के सामने से उठकर रसोई में भागता चला आया। पिताजी बनियान और पाजामा पहने, बियर का गिलास हाथ में लिए गुस्से में बोले, "ताकाशि, योको को बुलाओ!"

पिताजी का स्वर इतना रूखा था कि मैं चौंककर दूसरी मंजिल पर दौड़ते हुए चढ़ गया।

योको अपने कमरे से निकलते ही रो पड़ी।

"क्या हुआ? कुछ हुआ क्या?"

बहन चुपचाप नीचे की ओर देख रही थी।

"यहाँ बैठो।" पिताजी ने गिलास में बियर उँड़ेली।

"अरे माँ, कुछ हुआ क्या?"

माँ ने मेरे सवाल का जवाब दिए बिना घबराते हुए कहा, "आप उतना न डाँटिए..."

"तो उस रात आतिशबाजी जलाने वाली तुम थीं?"

योको और ज़ोर से रोने लगी।

"क्या? योको ने जलाई थी?" मैं अनायास ही चिल्लाया।

"रोने से काम नहीं चलेगा। बोलो, तुमने जलाई थी आतिशबाजी?"

योको काँप रही थी। उसने काँपते हुए सिर हिलाकर हामी भरी।

"झूठी! तुम तो उस रात दूसरी मंजिल पर थीं न?"

बुरी तरह से रोते हुए योको ने टूटे-फूटे शब्दों में कुछ ऐसा कहा:

"...उस रात मैं दूसरी मंजिल पर जरूर थी, पर मन किसी भी तरह शांत नहीं हुआ। कुछ दिन पहले जो लाइटर रास्ते से उठाकर मैंने दराज में रखा था, उसकी ओर मेरा ध्यान गया। और यह सोच कि लाइटर से अकेली भी जला सकती हूँ, चुपचाप घर के बाहर निकली। लाइटर द्वारा आतिशबाजी जला ही रही थी कि तभी वहाँ तोमो भी आ धमका।"

दरअसल हुआ यों कि कुछ आतिशबाजियों पर आग

लगाई तो अचानक वह धधक पड़ी। योको ने घबराकर आतिशबाजी को वहीं छोड़ दिया, जिससे आग इधर–उधर छिटककर सूखी घास पर लग गई। उसने घबराकर पैरों से दबाते हुए बुझाने की कोशिश की; परन्तु आग चटचटाती हुई फैलती ही चली गई। वह जब डरकर लौट रही थी तो मैं और माँ उसी वक्त बाहर निकले। तुरन्त वह छिप गई।

उसी हड़बड़ी में वह दूसरी मंजिल पर भागकर रज़ाई ओढ़े काँपती रही।

यही वास्तविक स्थिति थी।

"मैंने कितना कहा था कि तुम अकेली आतिशबाजी मत जलाना, फिर भी तुम अकेली चली गईं!"

"क्योंकि...मैंने भैया से जलाने को कहा था...पर भैया ने नहीं जलाया..."

"ताकाशि, तुमने क्यों नहीं जलाई?"

"क्योंकि मैं टी.वी. देख रहा था।"

"टी.वी. तो कभी भी देख सकते थे।"

"कोई और रास्ता नहीं था, क्योंकि वही प्रोग्राम देखना होमवर्क था।"

पिताजी ने नाखुश–सा चेहरा बनाकर थोड़ी–सी बियर पी।

"पड़ोसी हमें देखकर हँसेंगे। मैंने सोचा था कि दूसरे घर के बच्चे ने आग जलाई थी। मैं अब किस मुँह से

उनसे माफ़ी माँगूँगा ?"

माँ ने हाथ हिलाते हुए हमें दूसरी तरफ जाने का संकेत किया। हम टी.वी. की ओर चले गए।

"तुम लोग टी.वी. मत देखो, पढ़ाई करो!" पिताजी फिर कठोरता से बोले।

हम दोनों चुपचाप टी.वी. बंद करके दूसरी मंजिल पर जाने लगे तो पिताजी ने कहा, "ताकाशि और योको, अभी जो कुछ भी हुआ, वह किसी से मत कहना! ठीक है न? किसी से भी नहीं।"

"क्यों?" मैंने पूछा।

"मूर्ख! अब हम कैसे कह सकते हैं कि वह आग मेरी बेटी ने ही जलाई थी?"

पिताजी का अपनी गलतियों पर यों परदा डालना मुझे अच्छा नहीं लगा।

"तो फिर तोमो ही दोषी कहलाएगा!"

"यही ठीक होगा। लोग यही समझते हैं कि उसकी मंदबुद्धि की वजह से यह सब हुआ, इसलिए ऐसा ही रहने दो।"

"मगर बेचारा तोमो!"

"बेचारा तो मैं हूँ..."

पिताजी ने धूप में सुखाई गई छोटी मछली का सिर कुतरा।

"तो योको को जीवन-भर झूठ बोलते रहना पड़ेगा?

पिताजी, आप हमसे हमेशा कहते हैं न कि झूठ मत बोलो!''

''ताकाशि, बस करो!'' माँ ने मुझसे कहा।

''झूठ भी एक उपाय है इस दुनिया में।''

''इसका मतलब क्या है?''

''इसका मतलब है कि झूठ बोलने से अगर समस्या सुलझती हो तो झूठ बोलना ही ठीक है। समझे?''

''नहीं, कैसे समझूँ?''

''क्या!?''

''ताकाशि, बस करो! जल्दी से दूसरी मंजिल पर जाकर पढ़ाई करो!'' माँ चिल्लाई।

योको फिर फफक-फफककर रोने लगी।

मैंने सीढ़ियों के बीच से नीचे की तरफ देख गुस्से में ज़ोर से चिल्लाया, ''पिताजी झूठे हैं! योको और तोमो दोनों ही बेचारे हैं!''

कमरे में आने के बाद भी मेरा गुस्सा जब कम नहीं हुआ तो मैंने मेज़ पर रखी कुछ पुस्तकें उठा दीवार की ओर फेंकीं।

''बुद्धू पिताजी!''

न जाने क्यों आत्मदमन से मेरी आँखों में आँसू भर आए।

[5]

उस रात मुझे अर्द्धनिंद्रा में लगा, जैसे मैं तोमो की आवाज़ सुन रहा हूँ। मैं सहसा चौंककर उठा तो कमरे के कोने से किसी कीड़े की आवाज़ सुनाई दी। वह झींगुर की आवाज़ थी। हो सकता है, जो आवाज़ योको ने सुनी, वह यही रही हो! इन दो दिनों में योको की मन:स्थिति कैसी रही होगी, मैं अब अनुमान लगा सकता था। अगर उसकी जगह मैं होता तो शायद उसी की तरह भाग जाता, तोमो को वहीं छोड़कर...। मैं पूरी तरह जाग उठा। पेशाब करने के लिए नीचे उतरा तो देखा, बैठक की बत्ती जली हुई है।

मैंने ताक-झाँक की। पिताजी अकेले कुर्सी पर बैठे थे। खोई-खोई नज़र से या तो खिड़की के बाहर के अँधेरे को देख रहे थे या झुरमुट के झींगुरों की आवाज़ की ओर कान लगाए हुए थे।

अचानक पिताजी मेरी तरफ़ मुड़े। मैं तुरंत दरवाजे के पीछे छिप गया।

"ताकाशि, तुम हो?"

"जी..."

मैं दरवाजे के पीछे से धीरे-धीरे निकल आया।

"क्या हुआ?"

"पेशाब।"

"जल्दी सो जाओ..."

मुझे लगा, पिताजी की आवाज़ में प्यार है।

“मेरे कमरे में झींगुर आवाज़ दे रहा था।”

“झींगुर?”

“दो-तीन दिन पहले योको के कमरे में भी आ रहा था। योको कह रही थी कि यह झींगुर तोमो का है...। थोड़ी देर पहले मैं भी यही समझा कि तोमो की आवाज़ है...।”

पिताजी चुप रहे।

मेज़ पर रखे गिलास में बर्फ का टुकड़ा खटखट की आवाज करके गिर गया।

“जाओ, जल्दी से सो जाओ।” पिताजी ने कहा।

अगली सुबह जब हम नाश्ता कर रहे थे, पिताजी बाहर से घूमकर लौट आए थे। इस वक्त उन्हें कंपनी चले जाना चाहिए था, लेकिन आज वह घर में ही थे। हमारे शंकित चेहरों के सामने बैठ उन्होंने रुमाल से मुख का पसीना पोंछा, फिर गंभीर चेहरे से मुझे और योको से कहने लगे, “आतिशबाजी के मामले में मैं पड़ोसियों से माफ़ी माँग आया हूँ। तोमो के घरवालों ने और ओकी जी वगैरह, सभी लोगों ने हमें माफ़ कर दिया है। इसलिए अब झूठ बोलने की कोई जरूरत नहीं है। योको, तुम बाद में माँ के साथ तोमो के घर जाकर माफ़ी माँग लेना। समझ गई न?”

छोटी बहन ने सीधेपन में हाँ कहते हुए सिर हिलाया।

उसके बाद सबने चुपचाप खाना खाया। चैन की साँस लेते हुए मुझे भी अच्छा लग रहा था। योको, माँ और

पिताजी को भी ज़रूर अच्छा लग रहा होगा।

गर्मी की छुट्टियाँ खत्म होने में अभी एक और दिन बचा था। उस रात हमने आतिशबाजियाँ जलाईं जो कि संकोचवश कुछ दिनों से नहीं जला रहे थे। लेकिन इस बार हमने अपने घर के सामने जलाईं क्योंकि पहले वाली खाली जगह पर दिल खोलकर आतिशबाजियाँ जलाना संभव न था। माँ भी साथ में थी और दो बाल्टियों में पानी भी तैयार रखा था।

हवा काफी ठंडी हो चली थी। न जाने क्यों गर्मी के मौसम में भी आतिशबाजियों की चमक-दमक सूनी लग रही थी।

थोड़ी देर में दरवाज़ा खुलने की आवाज़ हुई और तोमो भी बाहर निकल आया। वह पहले की तरह चुपचाप मुस्कुराते हुए हमारी आतिशबाजियों को देख रहा था।

एक बार फिर दरवाज़े की आवाज़ आई और इस बार तोमो की माँ छोटे-छोटे कदमों से तेज़ चलती हुई आईं। बिना कुछ बोले तोमो का हाथ जोर से पकड़कर उसे जबरदस्ती घसीट ले गईं।

हम तोमो को घसीटते हुए ले जाना चुपचाप देखते रहे।

सितंबर के एक रविवार को तोमो के घर के सामने एक बड़ी लॉरी रुकी। उस पर एक के बाद एक सामान लादा जा रहा था। दोपहर के बाद वह गाड़ी कहीं चली गई। मैं जानता था कि योको दूसरी मंज़िल की खिड़की

से सब कुछ देख रही होगी। थोड़ी देर में तोमो और उसकी माँ घर से निकल आए। मैं छोटी बहन के साथ खिड़की के किनारे कंधे से कंधा सटाए देख रहा था। उसकी माँ ने घर के दरवाज़े पर ताला लगाकर गाड़ी का द्वार खोला।

"तोमो!" योको ने अनायास ही आवाज़ दे दी।

उसकी माँ ने नजरें ऊपर उठाकर हमसे कहा, "अलविदा !"

फिर वह मुसकुराई लेकिन मुझे लगा, वह कुछ दुखी है।

तोमो भी गाड़ी की खिड़की में से ऊपर देख रहा था। उसका चेहरा तो पहले की तरह मुस्कुरा रहा था।

गाड़ी चलने लगी।

मैंने और योको ने हाथ हिलाया। तोमो भी अपना सफेद हाथ हिला रहा था। थोड़ी देर के बाद उसका हाथ आँखों से ओझल हो गया। दोनों को बैठाए वह गाड़ी मकानों के बीच में दाईं-बाईं मुड़ती हुई चली गई। हम दोनों उसे तब तक देखते रहे जब तक वह आँखों से ओझल नहीं हो गई।

वाशिंगटन पोस्टमार्च

मूल शीर्षक : वाशिनतन पोस्तो माचि,

स्रोत : ओका शूजो: बोकु नो ओनेसान, केइसेइशा, 1999

[1]

साकुरा नामक अपंग एवं मंदबुद्धि के बालकों के स्कूल की छठी कक्षा में लंच का समय था।

मैं हाथ से अपाहिज होने के कारण अपने आप नहीं खा सकता इसलिए नौजवान अध्यापिका कुमारी मिकि मुझे खिला रही थीं और कह रही थीं, "अगले रविवार को मियुकि के बड़े भाई की शादी है।"

मियुकि सिर उठाकर दाँत निकालते हुए हँसी। उसके मुँह के चारों तरफ पूरी तरह केचअप लग गया था और एक किनारे से लार टपक रही थी। मियुकि तो बिलकुल

मुँहफट है।

"मियुकि, तुम विवाह संस्कार में भाग लोगी?"

मियुकि ने उत्साह से सिर हिलाकर हाँ किया, जिससे उसकी टाँगें हिलीं और पहियादार कुर्सी से सटी मेज भी हिलने लगी।

मियुकि के या मेरे हाथ-पाँव अपने आप ऐसे क्यों हिलते हैं? सुना है, यह प्रमस्तिष्क घात की विशिष्टता है पर मुझे इससे बड़ा कष्ट होता है।

"फिर उसके बाद के रविवार को ताकेशी की बड़ी बहन की भी शादी है न? काश, मेरा भी दूल्हा होता!" यह कहते हुए जब अध्यापिका मिकि ने दसवीं कक्षा की छात्रा की तरह चोटी के बाल हिलाए, तो उनके गोल चेहरे पर प्यारा-सा गुल पड़ गया।

"अ-हा-हा-हा..." मैं हँसा।

"ताकेशी, क्यों हँसते हो? यह बहुत अशिष्ट बात है!"

"अ-हा-हा-हा...आप, वह तो...कभी नहीं हो सकता! आपको देखकर दू...दूल्हा डर के मारे भाग जाएगा।"

"क्या कहा? मैं तुम्हें कभी भी नहीं खिलाऊँगी। इतनी प्यारी कोमल हृदय वाली अध्यापिका को दुनिया के लड़के देखते क्यों नहीं?"

इस बार मियुकि खी-खी, ही-ही हँसने लगी। उसके हँसने का ढंग तो बिलकुल अशिष्ट है। हँसते-हँसते उसका दम घुटने-सा लगा।

दोपहर की छुट्टी में मैं कालीन पर लेटा हुआ था। दिन का खाना खत्म करने के बाद मैं अक्सर ऐसा करता हूँ। करवट बदलने में भी मुझे बड़ी दिक्कत होती है। इसीलिए मागुरो मछली की तरह लेटता हूँ। मेरी मांसपेशी में अपने-आप खिंचाव आ जाता है। अपने हाथ-पाँव मैं अपनी मर्जी से चला भी नहीं पाता। मुझे खुद भी पता नहीं चलता कि दूसरे ही पल वे किस ओर हिल-डुल रहे हैं। ऐसी हालत लोग देखेंगे तो उन्हें जरूर अजीब-सा लगेगा।

मांसपेशियों के ज़ोर से खिंच जाने से कभी-कभी मेरे बदन में बहुत दर्द होता है, जैसे पूरा बदन चरमरा रहा हो! उस वक्त मैं 'वाशिंगटन पोस्ट मार्च' मन-ही-मन में उत्साह से गाता हूँ। यह मार्च टी.वी. में पेशेवर बेसबॉल या पेशेवर कुश्ती के प्रसारण से पहले सुनाई देता है जो मुझे बहुत पसंद है। इसे सुनते ही मेरा मन खिल उठता है।

मियुकि की स्थिति मुझसे थोड़ी-बहुत अच्छी है। वह अपने-आप घिसटती हुई चल सकती है और हाथ से कोई चीज़ पकड़कर उसे अपने पास खींच सकती है। कमी है तो बस इतनी कि वह कुछ बोल नहीं सकती।

उसके गले के अंदर से 'आ-ओ, आ-ओ' की आवाज़ तो आती है पर एक शब्द भी बाहर नहीं निकलता। निकलती है तो केवल लार। इसीलिए वह

हमेशा मुँह में तौलिया डाले रखती है।

इन दिनों मियुकि खुश है। उसका दिमाग अगले रविवार की बात से भरा हुआ है। मैं भी अपनी बड़ी बहन की शादी के बारे में सोचता हूँ तो जी थोड़ा धड़कने लगता है, पर उसकी तरह रोज़ दाँत निकालकर हँसना भी ठीक नहीं।

खाने के बाद मियुकि पहियादार कुर्सी से उतर मुँह में तौलिया डालकर मेंढकी जैसी सरकती हुई मेरे पास आई। वर्णमाला की तख्ती की मदद से वह मुझसे बातें करने लगी।

वर्णमाला की तख्ती यानी लंबाई और चौड़ाई दोनों ही लगभग 40 सेंटीमीटर, जिस पर हीरागाना[1] अक्षर पूरे लिखे रहते हैं। गूँगी मियुकि इसके प्रयोग से बात करती है।

वह पालथी मारकर बैठ मुझे अक्षरों को दबाती हुई दिखलाने लगी। मैंने अपना मुँह एक तरफ फेरकर आँखों की पुतलियों को चपटी मछली की तरह किनारे करते हुए उसके हाथ की ओर देखा।

'क'... 'हाँ'... 'क'... 'रें'... 'गे'।

चर्चा का विषय तो निश्चित ही है यानी शादी की दावत के बारे में।

"जा, जापान... हो, होटल... बहु... बहुत बढ़िया है।"

तभी मियुकि ने दोनों हाथों से 'नहीं' का इशारा किया,

---

1. हीरागाना : जापानी वर्णमाला।

जिसका मतलब था कि बढ़िया नहीं है।

"तुम्...तुम्हारे बड़े भाई की...क...कहाँ?"

"सं...सा...र...हो...ट...ल..." और वह दाँत निकालकर हँस पड़ी।

"उससे तो...जा...जापान होटल की सुविधाएँ अच्छी हैं।"

मियुकि ने फिर दुबारा दोनों हाथों से 'नहीं' का इशारा किया।

"भोजन भी...जापान होटल का...अच्छा है।" उसकी हथेली खुल नहीं सकती, इसलिए मियुकि ने मुट्ठी से वर्णमाला की तख्ती के अक्षरों को दबाया "न... हीं...।"

उसने फिर दाँत निकाले। कितना बड़ा मुँह है! देखो तो, लार टपक रही है! उसने हड़बड़ाकर तौलिया मुँह में डाल लिया।

हम दोनों न तो जापान होटल गए थे और न ही संसार होटल। बस, घर में सुनी बातों के अनुसार चर्चा कर रहे थे। इसलिए दोनों की बातें प्रामाणिक नहीं हो सकती थीं। पर उसकी हँसने की आवाज़ मेरे दिमाग में घुस जाती है। ऊपर से उसने गुस्सा दिलाने वाली एक और बात कही।

'मांसपेशी की खिंचाई,' मियुकि ने अक्षरों को दिखलाते हुए 'नहीं' का इशारा किया। फिर 'नहीं जा सकोगे' के अक्षर भी दिखलाए।

यानी उसके कहने का मतलब था–'तुम्हारी मांसपेशी की खिंचाई ज़्यादा होती है, इसलिए शादी की दावत में नहीं जा सकोगे!'

मेरा मन खट्टा हो गया और मैंने भी बदला ले लिया।

"तुम भी ज़्यादा लार टपकाने के कारण विवाह की दावत में नहीं जा सकोगी।"

तब मियुकि आहिद टिड्डे की तरह दोनों हाथों से मुझे मारने लगी। यह गलत बात है। मुझसे तो 'मांसपेशी की खिंचाई' कह दिया और जब अपने ऊपर बात आई तो तुरंत गुस्सा आ जाता है। मैंने केवल पाँव ऊपर-नीचे पड़फड़ाए किन्तु सिर और चेहरे पर खूब मार खाई।

"क्या कर रहे हो दोनों ?" अध्यापिका कुमारी मिकि ने झट से झपककर हम दोनों को अलग किया।

मियुकि ने दुखी होकर बड़ा मुँह खोला और बुरी तरह रोने लगी।

फिर लार से भीगा तौलिया मेरी ओर फेंका; लेकिन दुर्भाग्य से वह सीधे अध्यापिका जी के चेहरे से जा लगा। मियुकि अध्यापिका जी की डाँट खाने से फिर रोने लगी।

उस दिन दोपहर की छुट्टी कुछ अच्छी नहीं बीती। मियुकि लगातार रोती रही। वह जब रोना शुरु कर देती है तो रुकने का नाम ही नहीं लेती। मैं मियुकि का खुला बड़ा मुँह देखकर सोच रहा था क्रि आखिर कितनी देर से आँसू बहाती जा रही है!

[2]

मैंने सोचा भी नहीं था कि नए सप्ताह के आरंभ में ही मियुकि की रोने की ज़िद्दी आवाज़ फिर सुननी पड़ेगी। सोमवार की सुबह अध्यापिका कुमारी मिकि सूचना-कॉपी देखते हुए बोलीं, "अरे, मियुकि, तुम विवाह-संस्कार में शामिल नहीं हो सकीं?"

तुरंत मियुकि का मुँह बिचक गया। वह अचानक ऊँची आवाज़ में रोने लगी, जैसे किसी ने उसकी पिटाई कर दी हो !

कितनी दर्दीली आवाज़ थी! कुमारी मिकि के चेहरे पर पछतावे का भाव साफ-साफ दिखाई पड़ रहा था। मैं कालीन पर लेटे हुए देख रहा था कि मियुकि पहियादार कुर्सी पर बैठी बदन ऐंठते हुए रो रही है।

वह विवाह-संस्कार और दावत में जाने के लिए कितनी उत्सुक थी; पर वह नहीं जा सकी। आखिर क्या वजह रही होगी?

मियुकि पहियादार कुर्सी से इस तरह लड़खड़ाते हुए उतरी कि लगा, गिर पड़ेगी। दोनों हाथों से ज़ोर-ज़ोर से फ़र्श पर ऐसे मारने लगी, जैसे किसी दुश्मन से बदला ले रही हो। आँसू और लार से भरे चेहरे को देखते हुए मैं सोच ही रहा था कि शायद उस दिन उसकी तबियत ठीक नहीं रही होगी, तभी मियुकि किसी भ्रम में मेंढकी जैसी उछलकर मुझे मारने आई।

"क...क्या बात है...यह क्या कर रही हो तुम?"

यह तो बड़ी विपत्ति है! उसका माथा झट से गर्म हो जाता है। ऊपर से उसके सिर और हाथ सीधे जुड़े हैं।

अध्यापिका जी ने हड़बड़ाकर उसकी पीठ से लिपट उसको मुझसे अलग किया और उसे कुछ दिलासा दिया; लेकिन मैंने गुस्से में कह दिया, "रो, रो और रो ! अच्छा हुआ कि तुम विवाह-संस्कार और दावत में न जा सकीं।"

मियुकि की रोने की आवाज़ और ऊँची हो गई।

"ताकेशी!" अध्यापिकाजी खनकती आवाज़ में चिल्लाईं।

'भला इसमें मेरी क्या गलती है! रोंदू मियुकि, साली!' मैंने मन-ही-मन उसे कोसा।

उस दिन मियुकि दिन-भर उदास रही। करुणामयी स्थिति होने से मुझे उस पर दया आने लगी।

मैंने अध्यापिकाजी के सहारे पेशाब करते हुए मियुकि के बारे में पूछा, "अध्यापिकाजी... मियुकि को क्या...हुआ था? क...क्यों विवाह में शामिल नहीं...हो सकी?"

"मुझे मालूम नहीं...।"

"उसकी लार...निकलती है, इसलिए?"

"नहीं, ऐसा कुछ भी नहीं है।"

"वह तौलिया मुँह में डाल...ती है, इसलिए?"

"नहीं, ऐसा भी नहीं।"

"पहियादार कुर्सी...पर बैठती है...इसलिए?"

"हाँ, जरूर यही बात है। सीढ़ियाँ बहुत हैं न?"

'हाँ; जरूर यही कारण रहा होगा। संसार होटल की सुविधाएँ जापान होटल से अच्छी नहीं हैं और सीढ़ियाँ भी बहुत हैं, जिसपर पहियादार कुर्सी नहीं चल सकती।' ऐसा अपने-आपको समझाते हुए, संसार होटल की बुराई करते हुए मियुकि के प्रति मुझे बड़ी सहानुभूति हुई।

स्कूल से घर लौटते ही मैंने माँ से पूछा, "जापान... होटल में पहियादार कुर्सी...जा सकती है या नहीं?"

"बिलकुल जा सकती है। ऊपर से वहाँ लिफ़्ट भी है। पर तुम चिंता क्यों कर रहे हो?"

मियुकि के साथ आज जो हुआ, मैंने माँ को बताया।

"बेचारी मियुकि..." माँ ने बस इतना ही कहा।

"जा...जापान होटल में कर...करते तो...अच्छा... रहता।"

"तुम ठीक कह रहे हो।"

माँ ने उत्तर दिया कि तभी द्वार की घंटी बजी।

जो मेहमान आया था, वह पास के शहर में रहने वाली रिश्तेदार मात्सुदा मौसी थी।

"ताकेशी, तू ठीक है?"

मौसी बैठक में लेटे हुए मुझे प्यार से आवाज़ देकर सीधे चौके में चली गईं।

मैं लेटे हुए ही खुफ़िया पुलिस वाला प्रोग्राम दूरदर्शन पर देख रहा था।

माँ कहती हैं कि मात्सुदा मौसी निकट के शहर में

अभिभावक-शिक्षक संघ की अधिकारिन तथा महिला समिति की संयोजिका होने की वजह से काफ़ी मशहूर हैं। वह इतनी शिष्ट और कोमल हैं कि मियुकि से तुलना की जाए तो आकाश-पाताल का फर्क होगा।

आज चौके से हमेशा की तरह मौसी की कोमल आवाज़ नहीं सुनाई दे रही थी। मैंने पूरे प्रयास से उधर मुड़कर देखा, पर बीच में जापानी ढंग का दरवाज़ा बाधक था और उधर की स्थिति का पता नहीं चल सका।

कुछ सूना-सूना महसूस हुआ तो मुझे कुछ चिंता हुई। मैं एक तरह से चीख ही पड़ा, "म...माँ...म...माँ!"

माँ झट से दौड़ते हुए आई। उनका चेहरा बर्फ़ की तरह सफेद पड़ गया था। मैंने बात बदलते हुए बोला, "च ...चैनल...बदल दो।"

[3]

उस रात बहस की आवाज़ सुनकर मैं जाग गया। जापानी ढंग के दरवाज़े के पीछे मेरी बड़ी बहन रो रही थी। मेरा दिल धक-धक करने लगा। मैंने उस ओर कान खड़े कर लिए।

"वैसे मात्सुदा बहन जी भी तो..." यह पिताजी की आवाज़ थी, "ऐसा नहीं है कि वह घृणा करती हैं लेकिन..."

"लेकिन क्या है?" मेरी बहन की भर्राई आवाज़ थी,

"झिझकते हुए भी बोलना पड़ता है इसलिए रिश्तेदारों की प्रतिनिधि बनकर हमसे कहने यहाँ आई थी।"

"मुझे खुद बहुत बुरा लगा जब मुझसे कहा गया कि वह रिश्तेदारों की बेइज़्ज़ती कराता है। बहुत बुरा लगा, बहुत..."

माँ ने रुँधते स्वर में कहा, "जब आपको बुरा लगा तो कहना चाहिए था कि जो कोई भी अपनी बेइज़्ज़ती समझता हो, उसे हमारे विवाह-संस्कार में शामिल होने की जरूरत नहीं।"

"कहना तो मैं भी बहुत चाहता था पर हम लोग रिश्तेदारों के मेल-जोल को ठुकरा तो नहीं सकते। दूसरों की बात जहाँ मान सकते हैं, माननी पड़ती है। जहाँ अपना मन मार सकते हैं, मारते हैं। आपस में मिलकर रहना पड़ता है, इसलिए।"

"अपने बेटे को लेकर सारे रिश्तेदारों की बेइज़्ज़ती कहा गया है, फिर भी हमें सहना पड़ेगा!"

"इतनी तेज आवाज़ मत निकालो!" पिताजी ने दीदी से भी तेज आवाज़ में कहा।

"मेरा तो खुद गुस्से के मारे खून खौल रहा है। लेकिन जिस घर में लड़कियाँ अभी शादी के लिए बैठी हैं, उस घर के बारे में भी सोचो, ऐसा दीदी ने कहा तो..."

"ताकेशि से उन्हें क्या आपत्ति हो सकती है, पिताजी?"

मैं अचानक अपना नाम सुनकर सहसा घबराया। मैं सोच भी नहीं सकता था कि समस्या की जड़ मैं हूँ। आखिर बात क्या है, मेरी समझ में नहीं आ रही थी।

शायद दिन में आई मात्सुदा मौसी ने मेरी बड़ी बहन को चिढ़ाने की बात कही होगी, वह भी मेरे सम्बन्ध में कोई बात...।

"पिताजी, शादी तो मेरी होगी न, ताकेशि की सगी बहन की। उन्हें ताकेशि के बारे में सोचकर ही मंजूरी देनी होगी। जो भाई-बहन अपने सगे नहीं हैं, उनकी शादी में ताकेशि बाधा कैसे पड़ सकता है? मैं कहना चाहती हूँ कि वैसे दूल्हे को तो ठुकरा ही देना चाहिए जो अपंग-मंदबुद्धि लोगों को हेय दृष्टि से देखता हो।"

"आखिर यह ठीक कहती है, जी! हमें घबराना नहीं चाहिए। आप अपनी तरफ से मात्सुदा बहन जी से साफ़-साफ़ कह दें।"

"क्या कहा तुमने? अभी तक तो कह रही थीं कि रिश्तेदारों के बारे में सोचना चाहिए।" पिताजी सख़्त आवाज़ में बोले।

"लेकिन जब दूल्हे की ओर से नहीं कहा गया, तो अपने रिश्तेदारों की ओर से क्यों? इसमें बुरा लगने की बात तो है ही। यह बेटी भी यही तो कह रही है। सचमुच, ताकेशि को जरूर ले जाएँगे।"

अच्छा, अब समझ गया! रिश्तेदारों की बेइज्ज़ती का

कारण मैं था। मात्सुदा मौसी यह कहने आई थीं कि विवाह-संस्कार में मेरे भाग लेने से रिश्तेदारों को बड़ी परेशानी होगी। ओह...!

अचानक मुझे मियुकि की बात याद आ गई। हो सकता है कि वह भी...। हाँ, जरूर यही बात है। जरूर यही बात थी कि मियुकि विवाह-संस्कार में नहीं जा सकी।

अध्यापिका जी के जवाब देने का ढंग भी साफ नहीं था।

अचानक मुझे काफी अकेलापन महसूस होने लगा, मन में जी-जान से वाशिंगटन पोस्ट मार्च की धुन याद करने की कोशिश करने लगा। कल सुबह मैं कैसा चेहरा बनाऊँ ? माँ, पिताजी और दीदी को कैसा चेहरा दिखाना ठीक रहेगा...?

[4]

खोए-खोए-से दिमाग में माँ की आवाज़ सुनाई दी।

सुबह हो गई थी, माँ मुझे जगाने आई थीं। कल रात मेरी नींद पूरी नहीं हुई। ऐसा लग रहा था कि माँ की नींद भी पूरी नहीं हुई। उनका मुँह सूजा हुआ था। कल रात की बात का क्या हुआ होगा, यह जानने की मुझे बेचैनी थी, फिर भी पूछने की हिम्मत नहीं थी।

उस दिन से विवाह-संस्कार का दिन जितना निकट आता गया, मैं उतना ही उदास होता गया। माँ का मुँह

तो अभी भी सूजा हुआ था। मेरे सामने तो हँसती हैं, पर चेहरे से पता चल जाता है कि उनकी नींद अभी भी पूरी नहीं हुई है।

मैं खी-खी हँसते हुए जी-जान से मनोरंजक बातें ढूँढ़-ढूँढ़ माँ को खुश करता रहा। लेकिन ज्यों-ज्यों रविवार निकट आ रहा था, त्यों-त्यों मेरी आशंका बढ़ती जा रही थी। माँ का मुँह देखकर और भी कष्ट होता था।

शुक्रवार को जब स्कूल से लौटने के बाद मुझे नाश्ता खिलाया गया तब मैंने निश्चिंत होकर कहा, "म...माँ... मांसपेशी की...खिंचाई...होती है...इसलिए सोचता हूँ कि ...विवाह-संस्कार...में न...जाऊँ!"

हालाँकि यह पूरी तरह से झूठ भी नहीं था। दरअसल मैं कल्पना भी नहीं कर सकता हूँ कि उस दिन मैं कैसा रहूँगा। मांसपेशी में खिंचाव के कारण न जाने कब क्या हो जाए!

इस पर माँ ने कहा, "तुम ठीक कहते हो...। मैं भी घबरा रही हूँ। अगर तुम खुद ही विवाह-संस्कार में शामिल होना नहीं चाहते तो कोई बात नहीं...।"

हालाँकि यह बात तो मैंने ही कही थी, पर माँ का जवाब सुनकर मैं बिलकुल निराश हो गया।

आज शनिवार की रात है यानी कल विवाह-संस्कार होगा। जब मैं अपने दाँत मँजवाकर बिस्तर पर लेटने वाला था, तभी दरवाज़े की घंटी बजी। मेरी बड़ी बहन और

उनके दूल्हे शुनजि जी आए थे। शुनजि जी का शरीर बड़ा और हट्ठा-कट्ठा है। उनका चेहरा काला और चौकोर है। इसलिए चापलूसी के लिहाज से भी ऐसा नहीं कहा जा सकता कि वे रूपवान युवक हैं। मेरी माँ भी बस ऐसा कहती हैं, 'वे तो बेहद खुशमिज़ाज हैं।'

वे फूलों की खेती करते हैं। मैंने सुना है कि भविष्य में अपनी दुकान खोलकर बहन के साथ फूल बेचने की योजना है उनकी।

शुनजि जी ने आते ही मुझसे कहा, "नमस्ते, श्रीमान ताकेशि! तुम हमेशा की तरह मांसपेशी की खिंचाई का मज़ा लेते हो न?"

भला यह भी क्या बात हुई! दूसरे लोगों की परेशानियों को जैसे वे कुछ ध्यान ही नहीं देते! इसलिए मुझे शुनजि जी जैसे सीधे-सादे खुशमिज़ाज लोग पसंद नहीं हैं।

शुनजि जी मेरे सामने ठीक से बैठ गए और बोले, "कल हमारे विवाह-संस्कार में तुम आओगे न...?"

"उसकी मांसपेशी का खिंचाव ज़्यादा है। रात को सोते समय पसीना भी बहुत आया था..." माँ ने बीच में कहा, "ताकेशि, शायद शामिल न हो सके।"

"यानी वह नहीं चलेगा?" शुनजि जी मज़ाक के अंदाज़ में बोले, "अगर मांसपेशी की खिंचाई के कारण ये महाराज नहीं आए तो यह कोई अच्छी बात नहीं होगी, क्योंकि इनकी भी तो एक ही बहन है, जिसका विवाह

होगा। अगर उसमें तुम जैसा इकलौता छोटा भाई शामिल न हो तो बात नहीं बनेगी। कल तो मेरी बारी है 'मांसपेशी की खिंचाई' होने की। ख़ैर, तुम्हारे लिए मैंने एक ख़ास सीट बनवाई है। तुम पहियादार कुर्सी पर बैठे हुए पूरे यहाँ तक (शुनजि जी ने अपनी हथेली को अपने सीने के बराबर रखकर दिखाया) आ सकते हो। इसलिए कोई चिंता करने की जरूरत नहीं।"

यह कहकर शुनजि जी खूब हँसे।

फिर उन्होंने माँ और पिताजी की ओर मुड़कर कहा, "माता जी, पिता जी, आप लोग चिंता न कीजिए। मेरे रिश्तेदारों को ताकेशि के बारे में सब मालूम है और हमने एक बार फिर मात्सुदा जी से मिलकर उन्हें भी मना लिया है। अंततः एक बार तो सबको मिलना ही है इसलिए जितना जल्दी मिलें, उतना ही अच्छा रहेगा।"

पिता जी ने चुपचाप सिर हिलाकर 'हाँ' की। माँ तो गर्दन झुकाकर शुनजि जी के लिए चाय बना रही थीं।

"श्रीमान ताकेशि, कल से मैं तुम्हें 'श्रीमान ताकेशि' कहकर नहीं पुकारूँगा। मैं तुम्हारा बड़ा भाई हो जाऊँगा इसलिए केवल 'ताकेशि' कहकर पुकारूँगा। ठीक है, न?"

शुनजि जी ने सीना तानकर रौब झाड़ा।

"मैं...मैं...भी...'शुनजि जी' कहकर...नहीं...पुकारूँगा।"

"तुम मुझे क्या कहकर पुकारोगे?"

"बड़े भाई।"

"हा, हा, हा, बड़ा भाई! बिलकुल दादा जैसा लगता है यह नाम तो।"

मैं भी शुनजि जी के साथ खूब हँसा। शायद मेरी हँसी अशिष्ट थी, लेकिन ऐसा लगा कि मैं बहुत दिनों बाद इस तरह जी खोलकर हँसा। इससे शरीर में मांसपेशी का खिंचाव उतर गया और मेरा शरीर ढीला हो गया।

"अच्छा हुआ, ताकेशि..." पिता जी बोले।

"बहुत अच्छा हुआ कि तुम्हारे जीजा जी इतने अच्छे दिलवाले निकले। कल हम सभी साथ-साथ जाएँगे।" माँ की आँखों में आँसू चमक रहे थे।

तभी बड़ी बहन के आने की आवाज आई-'झन, झन, झन, झान !'

कागज़ से बना हुआ दरवाज़ा खुल पड़ा।

वहाँ सफेद शादी की पोशाक पहने बड़ी बहन खड़ी थी। छोटे भाई के कहने की तो यह बात नहीं है, पर बड़ी बहन बहुत सुंदर लग रही थी।

"बहुत सुंदर है!"

मैंने तुरंत चिल्लाकर बार-बार पैर पटके। मैंने देखा, पिताजी, माँ और शुनजि जी भी मंत्रमुग्ध होकर दुल्हन को देख रहे थे।

[5]

सोमवार की सुबह अध्यापिका जी ने पहियादार कुर्सी से मुझे उतारते हुए पूछा, "कैसा था तुम्हारी बड़ी बहन का विवाह-संस्कार?"

मुझे मालूम हो गया कि मुझसे पहले उतरी मियुकि मेरी तरफ़ मुड़कर देख रही है। मैंने मन-ही-मन कहा, 'अध्यापिका जी, देखिए, मियुकि इधर घूर रही है। उसे चिढ़ाने की बात न कहिए।'

मैं यह सोच ही रहा था कि तभी, "अरे बताओ न, कैसा था विवाह-संस्कार?"

मैंने देखा, मियुकि के होंठ तिरछे हो गए हैं और वह इधर ध्यान से देख रही थी। यह मेरे बोलने पर निर्भर था कि हम पिछले दिन से भी ज़्यादा मियुकि की चिल्लाने की आवाज़ तथा आँसुओं की बाढ़ से बच सकते थे या नहीं।

इसलिए सच्ची बात कहूँ या नहीं, मैं असमंजस में बड़बड़ा रहा था।

"क्या? क्या कह रहे हो? विवाह-संस्कार अच्छा था?"

अध्यापिका जी ने मियुकि के बारे में तो कुछ सोचा भी नहीं था।

"बताओ न, विवाह के लिए तुम्हारी बड़ी बहन की वेशभूषा जापानी ढंग की थी या अंग्रेजी?"

मुझे असमंजस के मारे खूब पसीना आ रहा था, पर मैंने कह दिया, "मैं...मैं...नहीं गया...नहीं गया था।"

"क्या कहा? तुम नहीं गए? विवाह-संस्कार में शामिल नहीं हुए?"

"हाँ, हाँ, हाँ।"

कमरे के उस कोने से मियुकि के हँसने की आवाज़ आ रही थी। उसकी खुशी की सीमा नहीं थी। वह मेरे पास लपककर आई तो रूखेपन से लेकिन बहुत प्यार से मेरे बदन को थपथपाकर खूब हँसी।

"क्यों? क्यों शामिल नहीं हुए?" वे जिद करके पूछती रहीं, तभी मेरे मुँह से निकल पड़ा, "मांसपेशी का खिचाव।"

"ओह, मांसपेशी का खिंचाव ज़्यादा था? यह तो खेदजनक है।"

मियुकि अभी तक मुँह खोलकर हँस रही थी। मुझे लगा, मेरे पेट में कोई चीज़ धीरे-धीरे फूलती जा रही है। वह गुस्सा है या ग़म, अथवा खीज; पर मैं साफ़-साफ़ नहीं कह सकता कि वह क्या है...।

'बुद्धू मियुकि!' मैं मन-ही-मन बोला-'हा-हा-हा करके हँसने का समय नहीं है यह। हम सारे रिश्तेदारों के लिए शर्म की चीज कहे जाते हैं। यही कारण है कि तुम अपने भाई के विवाह-संस्कार में शामिल नहीं हो सकीं!'

मियुकि यह सब कुछ नहीं जानती थी और बेफ़िक्र-सी हँस रही थी। मैं उससे चिढ़ता हूँ, मुझे उससे खीज होती है, दुख होता है, ग़म होता है...।

'मियुकि, अपने आप सँभल जाओ। हमें अपने-आप सँभल जाना चाहिए।'

मैं बिना आवाज़ निकाले अन्दर-ही-अन्दर चिल्ला रहा था। फिर आँसुओं के कारण मियुकि की सूरत अस्पष्ट दिखाई देने लगी।

हड़बड़ाकर मैं मन-ही-मन तेज आवाज़ से वाशिंगटन पोस्टमार्च गाने लगा।

●●●

डा॰ उनीता सच्चिदानन्द द्वारा रूपान्तरित, अनूदित, सम्पादित व रचित और राजकमल प्रकाशन द्वारा प्रकाशित जापानी साहित्य

(मूल और अनूदित शीर्षक हिन्दी व जापानी में)

जापानी लोककथाएं : तसवीर का फेर

日本の民話:タスウィール カ フェール

1.	絵姿女房 (एसुगाता न्योबो)	1.	तसवीर का फेर (タスウィールカ フェール)
2.	猿地蔵 (सारु जिजो)	2.	नदी में देवता (ナディーメデワタ)
3.	やまた のおろち (यामाता नो ओरोची)	3.	छाए बादल (チャーエバダル)
4.	七夕 (तानाबाता)	4.	तानाबाता (タナバタ)
5.	一寸法師 (इस्सुनबोशी)	5.	इस्सुन बोशी (イッスンボシ)
6.	桃太郎 (मोमोतारो)	6.	मोमोतारो (モモタロ)
7.	古屋のもり (फुरुया नो मोरी)	7.	टप-टप गुम्बा (タプタプグッムバ)

जापानी लोककथाएं :लोमड़ी की जपमाला

日本の民話:ロムリーキージャプマラー

1.	天福地福 (तेन्बुकुजिबुकु)	1.	सपना सच हुआ (サプナサッチフア)
2.	鷹鰕鮫 (ताका एबी सामे)	2.	बड़ा कौन (バラコウン)
3.	狐の玉の取り合い (खित्सुने नो तामा नो तोरिआइ)	3.	लोमड़ी की जपमाला (ロムリーキー ジャプマラー)

4.	木仏長者 (किबोतोके चोजा)	4. विश्वास का बल (ワィスワース カバール)
5.	宝下駄 (ताकारा गेता)	5. लुढ़कता खड़ाऊँ (ルラクタカラウン)
6.	五得の教え (गोतोकु नो ओशिए)	6. एक एहसान बढ़ा पांच मान (エクエヘサン バラパンチマン)
7.	鴇の卵 (तोकी नो तामागो)	7. बुज्जा का अण्डा (ブッジャーカアンダ)

पांच चोर

नीइमी नानकिचि

パンチ チョール

新美南吉

1.	花のき村と盗人たち (हानानोकिमुरा तो नुसुबितोताची)	1. पांच चोर (パンチチョール)
2.	おじさんのランプ (ओजीसान नो राम्पु)	2. दादाजी की लालटेन (ダダジキラルテン)
3.	ごんぎつね (गोन गित्सुने)	3. गोन लोमड़ी (ゴンロムリー)
4.	手袋を買いに (तेबुकुरो ओ काई नी)	4. दस्ताने (ダスタネ)

मेरी दीदी : ओका शूज़ो

メリーディーディー

丘 修三

1.	ぼくのお姉さん (बोकु नो ओनेसान)	1. मेरी दीदी (メリーディーディー)
2.	歯型	2. दांतों के निशान

	(हागाता)		(ダントウケーニシャン)
3.	首かざり (कूबी काज़ारी)	3.	माला (マラー)

वाशिंगटन पोस्टमार्च: ओका शूज़ो *
ワシングトンポスト.マーチ
丘 修三

1.	あざ (आज़ा)	1.	नीले धब्बे (ニレーダッベ)
2.	こおろぎ (कोओरोगी)	2.	झींगुर (ジーングル)
3.	ワシントンポスト マーチ (वाशिनटोन पोसुतोमाचि)	3.	वाशिंगटन पोस्टमार्च (ワシングトンポスト マーチ)

* अनुवाद योशिको ओकागुची , सम्पादन: डा॰ उनीता सच्चिदानन्द

राक्षस फूट-फूट कर रोया
हामादा हिरोसुके, त्सुबोता जोजी ,मुशानोकोजी सानेआत्सु,
ラクシャシ フートフート カルロヤ
浜田廣介, 坪田譲治, 武者小路実篤

1.	泣いた赤鬼 (नाइता आका ओनी)	1.	राक्षस फूटफूट कर रोया (ラクシャシフートフートカルロヤ)
2.	ある島の狐 (आरु शिमा नो खित्सुने)	2.	एक द्वीप की लोमड़ी (エクデュイープキロムリー)
3.	狐解葡萄 (खित्सुने तो बुदो)	3.	लोमड़ी और अंगूर (ロムリーオウルアングール)
4.	小学生と狐 (श्योगाकुसेइ तो खित्सुने)	4.	लोमड़ी की सीख (ロムリーキシーク)

जलपरी

ओगावा मिमेइ, शिमाज़ाकी तोसोन, कोजिमा मासाजिरो

ジャルパリー

小川未明, 島崎藤村,小島政二郎

1.	赤いろうそくと人形 (आकाइ रोसोकु तो निन्ग्यो)	1. जलपरी (ジャルパリー)
2.	殿様の茶碗 तोनोसामा नो चावान)	2. कटोरी (カトリー)
3.	二人の兄弟 (फुतारी नो क्योदाइ)	3. दो भाई (ドバイー)
4.	笛 (फुए)	4. बांसुरी (バンスリー)

जंगली गुलाब

मियाज़ावा केन्जी , आवा नावाको , ओगावा मिमेइ

ジャンギリーグラブ

小川未明, 宮沢賢治, 安房直子

1.	野ばら (नोबारा)	1. जंगली गुलाब (ジャンギリーグラブ)
2.	白い門のある家 (शिरोइ मोन नो आरु इए)	2. सफेद फाटक का एक घर (サフェーデュファタクカエクガール)
3.	月夜と眼鏡 (त्सुकियो तो मेगाने)	3. चांदनी रात और चश्मा (チャンドニラートオウルチャシマ)
4.	眠い町 (नेमुइ माची)	4. उनींदा शहर (ウニンダシェヘル)
5.	注文の多い料理店 (चूमोन नो ओइ रयोरितेन)	5. अनन्त फ़रमाइशों का भोजनालय (アナントファルマイ

ショカボジナラヤ)

6. どんぐりと山猫 (दोनगुरि तो यामानेको)

6. बन बिलाव (バンビラウ)

7. 狐の窓 (खित्सुने नो मादो)

लोमड़ी की खिड़की (ロムリーキキルキー)

नाक बनी मुसीबत

शिगा नाओया, आकुतागावा र्यूनोसुके, आरिशिमा ताकेओ, मात्सुतानी मियोको

ナクバニムシーバト

志賀直哉,
芥川龍之介, 有島武郎, 松谷みよこ

1. 小僧の神様 (कोज़ो नो कामीसामा)

1. नन्हे का भगवान (ナンヘカバグワン)

2. 城の崎にて (किनोसाकी निते)

2. किनोसाकी से (キノサキーセ)

3. 鼻 (हाना)

3. नाक बनी मुसीबत (ナクバニムシーバト)

4. 一房の葡萄 (हितोफुसा नो बुदो)

4. अंगूर का एक गुच्छा (アングールカエクグッチャ)

5. 黒猫四代 (कुरोनेको योन्दाइ)

5. एक और काली बिल्ली (エクオウルカリービッリー)

मृतात्मा का गीत

आबे कोबो, साता इनेको, हायाशी फुमिको

ミリッタトマカギート

安部公房, 佐多稲子, 林富美子

1. キャラメル工場から (क्यारामेरु कोजो कारा)

1. कैरैमल कारखाने से (ケレマルカールカーネセー)

2. 死んだ娘が歌った
(शिन्दा मुसुमे गा उताता)

2. मृतात्मा का गीत
(ミリッタトマカギート)

3. ふうきんと魚の町
(फूकिन तो उओ नो माची)

3. अकार्डियन
(アコルディヤン)

हथेली-भर कहांनियां

कावाबाता यासुनारी *

ハテリーバールカハニヤン

川端康成

1. 秋の雨
(आकी नो आमे)

1. पतझड़ की बारिश
(パトジャルキバリシュ)

2. さざん花
(साज़ान्का)

2. पुनर्जन्म
(プナルジャンム)

3. 有難う
(आरीगातो)

3. धन्यवाद
(ダニヤバード)

4. 日向
(हिनाता)

4. धूप
(ドゥープ)

5. 不死
(फुशी)

5. अमर
(アマル)

6. 母の眼
(हाहा नो मे)

6. दृष्टि
(ディリシティー)

7. 玉台
(तामादाइ)

7. बिलियर्ड्स
(ビリヤード)

8. 雀の媒酌
(सुज़ुमे नो बाइशाकू)

8. बिचौलिया
(ビチョリヤ)

9. 夏の靴
(नात्सु नो कुत्सु)

9. जूते
(ジューテ)

10 歴史
(रेकिशि)

10. इतिहास
(イティハス)

11. 胡子盗人

11. चोर

(गुमी नुसुबितो)	(チョール)
12. 夜天の微笑 (यातेन नो बिशो)	12. मुसकान (ムスカン)
13. 雨傘 (आमागासा)	13. छाता (チャター)
14. 顔 (काओ)	14. चेहरा (チェヘラ)
15. 喧嘩 (केन्का)	15. झगड़े (ジャグレ)

* संकलन व सम्पादन: डा॰ उनीता सच्चिदानन्द

जापानी साहित्य दर्शन : मेइजी से शोवा तक
日本文学の旅: 明治から昭和まで

राशोमोन एवं अन्य कहानियां : आकुतागावा रयूनोसुके
ラショモンエワムアンヤカハニヤン
芥川龍之介

1. 羅生門 (राशोमोन)	1. राशोमोन (ラショモン)
2. 蜜柑 (मिकान)	2. संतरे (サンタレ)
3. 蜘蛛の糸 (कुमो नो इतो)	3. मकड़ी के जाल का एक तार (マカリケジャルカエクタール)
4. 杜子春 (तोशिशुन)	4. तोशिशुन (トシシュン)
5. 白 (शिरो)	5. शिरो (シロ)

सानशोदायु : मोरी ओगाई
サンショウダユ: 森 鴎外

1.	山 सानशोदायु	1.	सानशोदायु (サンショウダユ)
2.	高瀬舟 (ताकासेबुने)	2.	अंधेरे में एक नाव चलती थी (アンデレメエクナウ チャルティーティー)
3.	最後の一句 (साइगो नो इक्कु)	3.	आखिरी पंक्ति (アキリパンクティ)

बिन कान का होइची
कोइज़ुमी याकुमो
ビンカンカホイチ
小泉八雲

1.	耳なし芳一のはなし (मिमिनाशि होइची नो हानाशी)	1.	बिन कान का होइची (ビンカンカホイチ)
2.	雪おんな (युकि ओन्ना)	2.	बर्फ़ सुन्दरी (バルフスンダリー)
3.	ものを言うふとん (मोनो ओ इउ फुतोन)	3.	बच्चों की रज़ाई (バッチョンーキ ラシャーイ)
4.	宝石の涙 (होसेकी नो नामिदा)	4.	आंसू बने मोती (アンスーバネ モティー)
5.	みずな (मिज़ुना)	5.	कुनीज़ाका की ढलान (クニザカキダラン)
6.	かたい約束 (काताइ याकुसोकु)	6.	सोएमोन भूला नहीं (ソエモンブーラ ナヒン)